迪士尼官方小说

无敌破坏王2

选择你的冒险

美国迪士尼公司 / 著　马丽娟 / 译

湖南少年儿童出版社
HUNAN JUVENILE & CHILDREN'S PUBLISHING HOUSE

小博集
BOOKY KIDS

这是一本不同寻常的书！

首先，故事发生在电子游戏和互联网里，你会遇见《快手阿修》《甜蜜冲刺》等游戏中的角色，你甚至还能成为其中一员！

是的！这本书最与众不同的地方就在于会让你成为游戏中的一员！你会被要求做出选择，而这些选择将会影响接下来发生的一切。

请做出明智的选择，因为这将决定比赛的输赢！

但首先，你需要在冒险之前选择你的角色。

你想成为《甜蜜冲刺》里超级厉害的赛车手和众人皆知的捣蛋鬼云妮洛普吗？那就按下引擎，从第 168 页开始你的冒险吧。

你想成为《快手阿修》里面可爱的大懒虫、破坏大王拉尔夫吗？那就从第 3 页开始吧。

好了，你还在等什么呢？

拉尔夫

拉尔夫在他挚爱的电子游戏里是个大坏蛋，实际上他在生活里是一个超级软心肠。

云妮洛普

《甜蜜冲刺》中最厉害的赛车手。她开车速度快，思维敏捷，随时准备着去冒险——尤其是与她最好的朋友拉尔夫一起。

阿修

你如果有什么东西需要修理的话，那么可以第一个打电话给阿修。他有一个金子做的魔力锤和一副热心肠。

赞姐

紧握时尚脉搏的人非赞姐莫属啦——她对流行与落伍的一切都了如指掌，你会发现她永远走在时尚前沿。

吉恩

他可能不是"好人之家"公寓里最友好的居民，但是他非常在乎《快手阿修》，总是会为这个游戏竭尽全力。

你是
拉尔夫

　　无敌破坏王拉尔夫是电子游戏《快手阿修》里的大坏蛋，你的任务是毁坏一切。阿修的任务……对啦！修理你破坏的一切。

　　你必须得承认，以前你特别不开心，你觉得搞破坏这件事一点都不酷。在你的游戏里，所有人都彼此相伴，同甘共苦，并以此为乐。只有你一个人孤零零地住在垃圾场的一堆砖块上，这种生活一点都不刺激。事实上，尽管游戏里的人都住在"好人之家"里，可他们对你一点都不友好。

　　然后，你遇见了云妮洛普，她是赛车游戏《甜蜜冲刺》里的一名赛车手。最初相遇的时候一切都不顺利：云妮洛普有点烦你，她不停地制造障碍，让你与奖牌擦肩而过。她像霉菌一样粘到你身上，甩也甩不掉。

请翻至第 11 页。

突然，一个影子笼罩住了你们俩。

"嘿，怎么回事？"你满脸疑惑地问道。

嘟嘟，嘟嘟，嘟嘟！

"哦，天哪！"云妮洛普说，"这是插入警告。利特瓦克先生要插进新游戏了！"

其他人都聚拢过来，想看个究竟。

"哦！我们得检查一下。"云妮洛普说道。

她一下子瞬移到你肩上，你转身面向新插座。你的游戏中的阿修和他的妻子——《英雄使命》游戏中的卡洪已经在那里等你了。其他人跑向现场，每个人都迫切地想看看利特瓦克先生到底带来了什么新玩意儿。新游戏接入日总是会让人很兴奋。

等你和云妮洛普赶到地方时，那里已经有一群人了。"快来，"你一边往前挤一边说，"要是挤不过去就看不到了。"

"一定要是赛车游戏，一定要是赛车游戏……"云妮洛普在你的肩头咕哝着。

利特瓦克先生亲手把插头插到插座上时，人群变得鸦雀无声。

欲知后事，请翻至第139页。

你穿过一排排小房间，每个房子都在出售各种各样新奇的和不那么新奇的东西。拉尔夫跑得太快，他肩上的你根本看不清两旁的东西。你的眼睛只盯准了你的目标——老式街机游戏。

突然拉尔夫慢了下来，他看到了一个扎眼的小物件。"嘿，难道你不觉得西红柿形状的土豆是个不错的选择吗？哇哦！"

你把他的脑袋一把拧过来，他挠了挠头。

"专心点，伙计。"你训斥道，"方向盘不等人，而且马上就到规定时间了！"

"好，好，好。"他抱怨着答应道。

请翻至第106页。

如果你是**其他角色**呢?

当云妮洛普和拉尔夫寻找那个方向盘的下落时,需要有人打理游戏厅里的事情。但是应该让谁来打理呢?

如果你认为阿修是个不错的选择,请翻至第 56 页。

如果云妮洛普和拉尔夫闯入神秘的网络世界后,你要选择吉恩来打理一切,那就请翻至第 140 页。

当你看到云妮洛普拖着沉重的步伐缓慢地走回《甜蜜冲刺》时，你显得很不安。云妮洛普看上去无精打采，对她的游戏不感兴趣，甚至对你也不关心。

这是你第一次觉得你们俩无法同步，比如，你喜欢中规中矩，喜欢做你能驾驭的事，但云妮洛普渴望新体验，或许她还想再交一些新朋友？

也许如果她的游戏再多一些挑战，她会更满意。对一切都感到满意，也包括你。

你又想出了新花样。"太棒了！"你自言自语道，"我就要这么夸自己。"

你想到了要做什么，准备进入她的游戏，让游戏更具挑战性。但问题是要怎么进去呢？

"嗯……"你一边揉着下巴一边想办法。

如果你决定在游戏厅关门后，在比赛中拉入其他游戏里的角色，好让《甜蜜冲刺》多一些惊喜，那么请翻至第14页。

如果你想及时改变车道，请翻至第19页。

你拍了拍手，咧嘴直笑，试图把他们的情绪调动起来："来一点新玩意儿吧！你们想想，让新手心惊胆战的那种！"

他们被吸引住了。几个人点点头。僵尸傻笑着，酸比尔平时总是皱着眉头，这会儿看着也兴奋起来了。

"我们就开这几辆傻里傻气的车？"半人半机器的大能量生化人问道，"这么小的玩意儿，我怎么可能塞得进去！"

"我就没学过开车。"撒丁低声说。他本身就是红皮肤，但这会儿也能看得出他脸红了。

"这都不是问题。"你保证道，"我想的是伏击。你们懂的，就是跳出来吓他们。你们都擅长这个。"你觉得这会儿夸他们是有好处的，赞赏坏蛋会让他们更卖力。

"我们能不能戴墨镜？"女巫问道，她把一缕深蓝色的头发别到她的一个尖耳朵后面，"那个游戏里的颜色都太亮了，会闪瞎眼的。"

"这个可以处理的。"你说。又回答了几个问题之后，你很高兴地看到有几个人自告奋勇了。

"太棒了！"你说，"明晚游戏厅关门后，你们五个人在《甜蜜冲刺》门口与我会合。"

请翻至下一页。

第二天晚上，快到《甜蜜冲刺》时你开始有些担心。你的坏蛋团队已经在插头门口等你了。大家按照先前的许诺，装扮得比参加坏蛋大会时更夸张、更吓人。

他们对于赛车手来说会不会太吓人了？毕竟赛车手都只是小孩子，而且《甜蜜冲刺》里也从来没有坏蛋，赛车手们也许会觉得无从应对。

但是你下定决心要让云妮洛普觉得更有意思，安排坏蛋在赛车手们全力赛车时突然跳出来绝对会让一切变得——她用的是什么词来着？哦对，更有挑战。

坏蛋总是会让一切都变得更有挑战，这是你的设计理念。

请翻至第 173 页。

"我们得把保安困住。"你悄悄对云妮洛普说。

"具体怎么做？"她问。

"我们可以把他引诱到那个柜子里，"你指着供给柜说，"然后我们就关门上锁，也不会伤到他。"

云妮洛普想了一会儿，然后耸耸肩："不错，但是等我们回来的时候他会不会抓狂？"

"船到桥头自然直。"

云妮洛普看着你眉开眼笑。"我喜欢你这范儿，我的朋友。"

请翻至第50页。

你们俩为彼此付出了很多，她的编码有个错误，所以有时会让她出故障，然后被逐出游戏。但你无意间发现原来她就是《甜蜜冲刺》里的公主，而她自己并不知道！

　　你担心身穿精美衬裙、头戴王冠的公主不会想和像你一样身穿连体衣的大笨蛋交朋友，但云妮洛普不是那种穿着蓬蓬裙装腔作势的公主，所以你也就放心了。

　　"好人之家"的居民意识到你是一个真正了不起的大英雄，所以也就对你友好起来了。

　　你回到自己的游戏，依然在搞破坏，阿修还在修理。现在，你才完全融入自己的游戏，就像《甜蜜冲刺》里的云妮洛普。

　　情况甚至比想象中更好——你和云妮洛普成了真正推心置腹的好朋友。

　　每天晚上利特瓦克先生的家庭娱乐中心刚一关门，你和云妮洛普就退出游戏。你们在游戏中央站会面——游戏中央站是个电源板，游戏厅里的所有游戏电源线都插在这里，这是一个巨大的多孔空间。游戏厅开业时，这里出奇地安静，因为所有角色都在各自的游戏里为投币的顾客卖力。一旦晚上游戏厅关门，游戏角色就从电线插口离开游戏，乘电车来到人山人海的游戏中央站。他们互相参观彼此的游戏，或者闲坐在椅子上，或者打听一些新消息。

请翻至下一页。

你和云妮洛普就在这儿和这群懒汉一起，在每晚这段暖心的热闹结束后，坐在椅子上，透过一个空着的旧插孔，一起看夕阳。

　　你觉得这就是最美好的生活，你想就这样一直持续下去，每天如此，直到永远。

　　今天，你和云妮洛普坐在游戏中央站你们最喜欢的椅子上，庆祝你们相遇六周年。时光飞逝啊！

　　你们并排坐着，看着夕阳说着话，这时你看到一束光照了进来。

　　"所以你是说你的生活里没有一点你想改变的地方，对吗？"云妮洛普问道。

　　"是的，"你说，"我的生活完美无瑕。"

　　她看了你一眼。

　　"想想看，"你说，"你和我一整夜都可以吊儿郎当，然后利特瓦克先生出现，然后我们去工作，然后游戏厅关门，然后我们又坐在这里。如果非要有不同，那就是我不去工作。除此之外，我什么都不想改变。"

欲看全新的第二天，请翻至第 4 页。

"第一次选拔赛，我不会赛车，"你宣布道，"我要做裁判！"

赛车手们个个都气喘吁吁，连你自己都吓了一跳。但是你想看看你的设想是不是奏效了。赛车手们争执不休，对选拔方式意见不一。

车队制定出了计划，你爬上梯子走到站台。"准备好了吗？"你大声喊道。

赛车手们鸣笛以示回应。

"出发！"你快速地猛甩了下手里的旗子。

他们出发了！

你看着赛车手们开过第一圈，然后下一批赛车手转弯，每个人似乎都享受其中，你真希望成为他们中的一员，但如果真能如愿，你知道那也会是在接力赛里。

请翻至第 155 页。

你越想越喜欢这个主意，也许其他人也觉得他们的游戏没意思，再往里面添加几个角色的话，也许游戏对每个人来说都会更刺激一些。加入新元素之后，大家确实都兴奋起来了。新事物总是好玩的！

你兴奋得摩拳擦掌。

你将成为每个人心目中的英雄，甚至还能再拿一枚奖牌！云妮洛普会十分满意，也就不会在其他地方向其他人寻求挑战。

你会选谁加入这次刺激的体验呢？

你要去问《快手阿修》里的"好人之家"的居民想不想加入吗？请翻至第 61 页。

还是想加入今晚的坏蛋大会，并问问那些去《甜蜜冲刺》的坏蛋想不想参加？请翻至第 147 页。

"嗯，"你开始说，"我必须得——嗯——重新整理砖块。垃圾场一片狼藉。""好……吧！"她端详着你，眉头紧皱，"你有什么事吗，拉尔夫？你看起来很怪异，比平时还怪异。"

"没有，我好着呢，"你回答她道，"那么，继续吧。回到《甜蜜冲刺》，我知道它对你来说特别没意思，但也许今晚会刺激一些。"

"也许明天你就不会这么诡异了。"她摇摇头继续说。"也许吧。"你跟在她后面叫道。你知道此刻她对你有些失望，但是只要她看见了你的计划，就一定会欣喜若狂。

你赶着去看喧闹的游戏现场。为了看得更清楚，你爬上一棵拐棍糖树。你认出了第一个弯道的卡洪，吉恩正沿着车道赶往下一个点，阿修低着身子偷偷摸摸从一个棉花糖窜到另一个棉花糖。你已经等不及想看到云妮洛普对那些惊喜的反应了。

酸比尔给出信号，赛车手从起点下车。

"加油，卡洪。"你低声说，卡洪将是赛车手在拉尔夫版的游戏里要遇见的第一个惊喜。卡洪举起一个特殊装置。云妮洛普遥遥领先，她刚一转过弯道，卡洪就捕捉到了目标。

接下来会发生什么呢？请翻至下一页。

一个太妃糖做的套索从卡洪的武器中射出，云妮洛普一个躲闪，轮胎摩擦地面发出刺耳的声音。第二名的太妃就没有那么幸运了，卡洪的套索卡住了她的卡丁车，车猛地停了下来。跟在后面的卡丁车飞驰而过。"气死我了！"太妃大声说道。卡洪继续给武器上膛。

　　"小心！"太妃哭喊道，"有人想抓住我们！"伴随一阵更加刺耳的摩擦声，你听"砰"的一声巨响。赛车手们一定是正在经过吉恩的炸爆米花机。

　　你快速爬下树，想看看大家是怎么应对爆米花雨的。你从一个橡皮糖跳到另一个橡皮糖，想赶在赛车手之前抵达现场。你及时赶到，看到三辆卡丁车穿梭在爆米花的突袭中。

　　"哇喔，"你心里想，"这些赛车手太赞了！"

　　你纵身荡到了另一棵拐棍糖树，你眯上眼睛躲避亮光。不错，你还能识别出远处的阿修，他好像已经把所有标识都分配好了。

　　你又从树上爬回来沿着车道开始跑，你听到脚下轰隆隆地响。奇怪！你长胖了？是你和你的大脚丫子震得地面颤抖吗？你回头看了一眼，看到一排赛车手驾着车径直向你冲来！

跳离车道，请翻至第 109 页。

卡洪用拳头捶了一下你的肩膀："干得好！兄弟。事实上，你也能帮我重新设计我的游戏，让它变得更刺激一些。"

　　"为什么不呢？当然可以！"你说。

　　阿修说："想想会有惊喜就会觉得更好玩。"

　　哇喔，你赶紧动身去确定云妮洛普没有把你换掉，确保她没有交到更刺激的新朋友。现在，那里不仅有一个超级兴奋的云妮洛普，还有一个真正意义上的团队以及游戏角色，也就是游戏界里称为的大赢家。

你想开启一段新的冒险吗？
那就回第 1 页，重新选择角色吧！

你吊着脑袋，感觉一点也不好。如果利特瓦克先生找不到新方向盘，那么游戏就得被关掉。永远。而且全是你的错！

你回头看了一眼游戏厅，几个孩子还挤在《甜蜜冲刺》周围。

"我要在网上找一个。"一个男孩子拿着手机说。

"我也是！"所有的孩子都掏出手机开始搜索页面。

"我找到一个！"斯瓦蒂大声喊道。

哇哦！

斯瓦蒂把手机递给利特瓦克先生："看到了吧？易贝有方向盘，利特瓦克先生。"

易贝是什么？你在想，然后你耸耸肩，只要利特瓦克先生能在那里搞到方向盘，管它易贝是个什么。

"看见了吗？"你说，"那些孩子已经找到一个了。"

利特瓦克先生整了一下眼镜，盯着手机，眼睛瞪得又大又圆。"你在开玩笑吧？要多少钱？这个价格比这个游戏一年的利润还多。"他把手机还给斯瓦蒂，"我的废品商星期五能来，那时我就把《甜蜜冲刺》拆了卖零件。"

"什么？"云妮洛普上气不接下气地问道。

请翻至第36页。

你一个人哈哈大笑："她想要挑战，那我就给她挑战！"

你溜进《甜蜜冲刺》，在"巧克力蛋糕路"和"热巧克力沼泽"上各建了一条新车道，还放了新指示牌，以确保云妮洛普不会错过。这一切刚好在利特瓦克先生开门之前完成，所以你就藏在了车道最后一个转弯处堆放的一堆甜甜圈后面，盯着赛车手们。虽然你需要尽快回到你自己的游戏里去，但你还是想先看看热闹。

"她在那里！"你一把捂住嘴，没想到自己会说得这么大声！你不想有人发现你在这里。

云妮洛普遥遥领先，离得这么远你还是能看出她的无聊——她用一根手指开车，基本不看车道。

你爬上一棵拐棍糖树观察。"她来了，她会爱上这个的，时间刚刚好。"

她飞驰过车道，你做的标识一闪而过。你笑成了一朵花。正如你期望的那样，云妮洛普跟着他们到了你的新车道——专门为她设计的绕行。从她驾驶的姿势可以看出，她很喜欢这段车道！

请翻至第 54 页。

呜呜呜呜呜呜呜呜！你知道这是什么声音：十几个甚至更多的发动机在加速。

你慢慢转身，竟然看到甜甜圈山顶上有一排卡丁车，你瞪圆了双眼，云妮洛普站在赛车引擎盖上。

她是要接力吗？他们要回来参加比赛吗？那真是太棒了！

"好的，各就各位。"你告诉坏蛋们，"但是要克制一点，你们看着太恐怖了。"

你的声音被全速下山的赛车的引擎声淹没了。

那些赛车径直向你开来！

恐惧到僵硬，请翻至第 169 页。

云妮洛普目瞪口呆："你这么做都是为了让我高兴？"

"当然，"你告诉她，"我害怕你觉得游戏没意思，也会觉得我没意思。"

"完全没有！"她向你保证，"你一直都在给我惊喜，总是给我留悬念！但我从来没想过你还有这一招！"

赛车手们爬出卡丁车，加入你和"好人之家"居民的队伍中，大家一下子开始滔滔不绝。

"谢谢你，拉尔夫！"薄荷顶着一头薄荷绿的乱发说道。

"我们从没有想过能打败云妮洛普，我们觉得没意思，特别沮丧。"太妃一边揪着被溅满巧克力的粉白相间的紧身裤，一边跟你说话。她咧着大嘴的笑容表明她根本不在乎把紧身裤弄成那样。

"你让比赛变得势均力敌，这就有趣多了。"面包·夹心酥一边弹着粘了糖的帽檐一边补充说。

请翻至第 **17** 页。

Choose your adventures! | 21

你研究着城市景观，主楼层上大小各异的建筑拔地而起，有的与高速公路相连，有的只有一两种方式可以通向高速公路。

有两个结构吸引了你的注意力，两个都是城堡，风格完全不同！一个小巧玲珑金光闪闪，另一个像中世纪的碉堡，矗立在悬崖旁。

两个建筑都有稳定的用户流，表明很受欢迎。

那么你要去哪里呢？

如果想去金光闪闪的城堡，请踏上第 236 页的移动平台。

如果想去石碉堡，就请踏上第 75 页的高速火车。

如果你想赢得比赛，就去第 28 页拿方向盘。

你看着她从楼顶上下去，越走越远，越变越小。

"好吧，"你在她身后喊道，"过会儿见？"

她根本没有转身。

你一头倒在枕头上。

这是怎么回事？你努力想让游戏更刺激一些，这样云妮洛普就不会觉得无聊，就会成为你永远的朋友。但是，她很痛苦，你现在甚至不能确定她还是不是你的朋友。

你得挽回。问题是怎么挽回？

你应该想办法找到可替换的方向盘给利特瓦克先生和他的家庭娱乐中心吗？请翻至第 63 页。

你应该努力给云妮洛普在其他游戏找个位置吗？请翻至第 160 页。

你趴在地上。对这个迷你游戏里的跑道来说，你的体格实在是太大了，但是你答应过云妮洛普，所以你一定会参赛。

你听到丁零丁零的声音，婴儿们开始爬了。本来应该有表示开始的信号的，但没有。

咯吱咯吱！

"哎哟！"

你压坏了一个婴儿的拨浪鼓。

这个婴儿哭了。"砰！"一个脏兮兮的婴儿纸尿裤掉在你面前。好恶心！

你继续爬，刚过一个拐弯，就和另一个婴儿碰了个面对面。他看了你一眼，一下子号啕大哭。

你头顶的天花板是开的，又一个用过的纸尿裤掉到了你面前。"砰！"

呃。这一定是这个游戏的惩罚方式！

那就更恶心了！

请翻至下一页。

你放眼望去，大家在迷宫里穿过一个个婴儿，收集瓶子、玩具等物件，如果有人撞坏了什么或是错过了什么，"砰！"纸尿裤时间到！你不禁想，到游戏结束之前到底会有多少个纸尿裤啊。

你站起来，把一个手提音乐器砸到地上。"砰！"纸尿裤甩在了你的脸上！

你气得浑身发抖，一把扯下来，大声说："够了！我受够这个愚蠢的游戏了！"

"可怜的大不点儿不喜欢脏纸尿裤啦？"云妮洛普嘲笑道。

"天哪，嘘！"

婴儿们现在全都开始大哭起来，哭声震耳欲聋。你和云妮洛普跨过障碍，撞翻物品，脏纸尿裤四处横飞，你们俩极力地想逃出去。

捂着头冲向出口！请翻至第161页。

"你觉得我应该加入这个游戏？"云妮洛普惊讶地问道。

你站在插头前，准备进入《英雄使命》，阿修和他老婆卡洪也在那里。嗯，她不仅是参与者，她还负责整个游戏！你其实已经玩过这个游戏了。

最酷的是如果你杀了足够多的机器虫，你就能得到一枚奖牌。你爱奖牌，云妮洛普也爱。

你大方地做了个手势："欢迎来到《英雄使命》。"

云妮洛普咯咯咯地笑："你念成了'屎命'。"

"那是游戏的名字，"你生气地说，"不要在卡洪这儿开这样的玩笑，她把这个游戏看得很认真。"

"当然，"她嘲弄地敬了个礼，"随便你怎么说，屎命警官。"

"别玩了。"你努力不笑出来。

她指着插头："这就是我要拉屎的地方吗？"

"停！"你哈哈大笑地吼道。

你和云妮洛普倒在一起，笑成一团。

"该走了，"她挖苦地说，"屎命在召唤了。"

"呃哼！"

哎哟，快看看谁在你身后。请翻至第 34 页。

云妮洛普把控制盘上的一堆按钮试了个遍。

有一个按钮射出了一束激光，把墙烧了个洞。然后她又按了个什么，气泡全都没了。隔着屏障你都能听到对面的她兴奋地冲出了飞机库。

你赶紧开车出去，只看见她消失在了黑夜里。突然，你看到一群外星人。

"小心！"你喊道，虽然你知道她听不见。

外星人侵者射出强光，云妮洛普轻松熟练地绕过他们，但他们还在挺进。

"向外星人开火！"你大声喊道。

请翻至第244页。

你还是决定留下来完成任务，不想一个星期都只是给拉尔夫洗衣服。

"方向盘，方向盘，你在哪里？"你说着走到一个虚拟形象那里。"嘿，你们都是去哪里买东西？"

但对方没有回答你，连停都没停下来。

"太无礼了吧？"你咕哝道。

突然一个头发是桃红色的迷人女士出现在你身边。配套的桃红色裙子上装点着闪闪的灯光，手里拿着一个桃红色的智能手机，看着像是从未来来的人。

"你在找商店吗？"她拿出手机。你看到屏幕上写着：我要去商店！

随后，一连串名字滚出了屏幕。

你瞪圆了双眼。"这上面一千个选择……都有了……"你一下子变得语无伦次。

这位女士笑道："哦，亲爱的，有成千上万呢！"

你失望地说："没有一个是我想找的。"

请翻至第 71 页。

你得让其他赛车手也上车，你的计划才能实现，所以你得等到晚上游戏厅关门时，才能给大家这么建议。

你让他们所有人都在起跑线那里等你。人们刚一聚齐，你就高声说："我觉得不对劲——"

面包·夹心酥打断你说："要我说，"她抱怨道，"一定是那些甜甜圈过期了！"

"我指的是比赛，"你解释说，"是我们。"

"哦。"面包·夹心酥小声说。

"你怎么想的？"太妃问道。

"现在，还得等几小时。"你说。你不想他们任何人担心游戏的改变会影响游戏厅里的赛车手。"我觉得我们可以接力，你们懂的，就是团队赛车。"

你担心地等着大家的回应，大家都太习惯彼此竞争，所以团队赛车还是个新概念。

欲知大家的想法，请翻至第175页。

"你信任我那就太好了，"她说，"那我能为这个游戏做些什么呢？不会是像你那样搞破坏吧。"

　　"我就只知道搞破坏是吗？"你问。

　　"我该做什么？"云妮洛普问道，"我在这里的角色是什么？"

　　"嗯……"你说。

　　你和云妮洛普想了好一阵子。

　　你打了个响指。

　　"有了！"

请翻至第 35 页。

"试演取消！"你怒吼着转向阿修，"不会有效果的。"

"呀，请再说一遍？"僵尸问道。

你跺着脚走向大楼。"难以置信，拉尔夫离开了我们！"你喊道。你特别沮丧，一把把写字板扔到了前门。

一道裂缝出现！你把门上的玻璃砸碎了。可是你特别生气，完全没有在乎这个。

"继续，阿修。"你大喊道，"继续修！这个！这个！还有这个！"你怒发冲冠，一遍遍地用写字板敲打墙壁。砖头掉了下来，窗户碎了，你没有停下来的意思。你已经疯了！

到最后，你的火终于发完了，人也已经筋疲力尽。你把写字板丢到一边，一屁股坐下来。

大家一下子围过来，阿修摇着你的手，酸比尔为你庆贺。

"什……什么？"你结巴道。

"太棒了！"阿修说，"你就是那个最大的坏蛋！"

"我？坏蛋？"你并不能确定自己是坏蛋，也不想那么认为自己，"我，"你一脸怀疑地重复道，"坏蛋。"

"明早第一项任务由你来。"阿修说。

请翻至第 261 页。

你从卡丁车里爬出来时，感觉有点眩晕。其他赛车手围过来，七嘴八舌地问道：

"你还好吗？"

"车怎么样？"

"你是怎么做到的？"

"我换了燃料。"你说，"坦白讲，非常赞！"

"呃……你撞车了。"太妃提醒你道。

"哦！"你嘲笑说，"只需要改进方程式。"

"那到时候我也想试试。"薄荷说。

女孩们叫嚷着要换新燃料。

然后警报响了，"好了，工作时间到。"你兴奋地说，一旦你完善了燃料，《甜蜜冲刺》将会高速全力开动。

你的尝试非常成功。在曼妥思山上赛车，绝对要挑战你的所有车技。但是几小时后，你只能加薄荷可乐味燃料，你清楚人类赛车手不可能控制得了那个速度！

你想开启一段新的冒险吗？
那就回第 1 页，重新选择角色吧！

"我想你会喜欢上这个的。"进入《外星人攻击》时你对云妮洛普说，"可以直接到你那里，不是比赛，但你得驾驶！"

"是吗？"云妮洛普精神一振，问道。

"是的，但不是驾驶赛车——是太空飞船。"她的眼睛瞪得好大，你能看得出她十分喜欢这个游戏。

你们来到一个巨型飞机库，里面全是太空飞船，但都很小，只能容得下驾驶员。

"我就在这里边逛边看着你。"你对云妮洛普说。你不想承认在外太空飞行会让你觉得恶心想吐，但你知道云妮洛普能行。

你们俩走到墙边，那里挂着太空服和头盔。"那么，这个游戏的目标就是射击外星人，"你一手递给云妮洛普头盔一边说道，"这些外星人都在绿色飞船里，好人都在银色飞船里。"

云妮洛普扣上头盔，走进你给她撑开的太空服里。你护送她到那排一模一样的太空飞船旁，每个船身一侧都有一个编号，船顶是大泡泡。云妮洛普跳上一号飞船机翼时，泡泡"砰"一声炸开。

"酷！"她跳上座位，转了一圈。"全景控制面板！谢谢你，拉尔夫，我想我会喜欢上这个游戏的。"

拉尔夫也咧嘴笑笑，欲知下文，请翻至第 27 页。

你和云妮洛普僵住了，脸上表情严肃。你深咽一口口水，然后转身。

是的，就像你们害怕的那样，卡洪站在你身后，看起来不高兴，或者说，她看着非常恼怒。

"你是在和你的系统开低级玩笑吗？"她问道。

"不，"云妮洛普同时回答道，"你有没有听说过……"

你一把捂住云妮洛普的嘴巴："云妮洛普想试试你的游戏。"

"欢迎加入！"卡洪突然弯下腰盯住云妮洛普的眼睛，"只要新成员能遵守指令，不会瞎扯废话。"

啊哦，云妮洛普绝对是个爱瞎扯废话的人。

卡洪挺了挺背，把手放在自己的屁股上。"那么，新成员，你准备好面对你的任务了吗？"

你的手还捂在云妮洛普的嘴上，所以她只能点头表示。

"啊！"你松开手喊道，对她皱着眉说，"你干吗咬我？"

云妮洛普甜甜一笑，说："练习一下逃生技巧，万一我被抓了怎么办，你们懂的。"

"很好。"卡洪使劲点点头说道，"跟我来。"

请跟随至第130页。

"我身强体壮，"你说，"你速度快。"

"加在一起，战无不胜！"云妮洛普说。

"就喜欢你懂我的样子。"你回答说。你和云妮洛普冲到建筑物边上。"史上最具破坏力的游戏即将开始！"你喊道，"准备好了吗？"

"准备好了！"

你又对着"好人之家"的居民们说："准备好了吗？"

"准备好了！"他们喊道，紧接着冲进大楼跑向自己的起跑线。

你对着云妮洛普点点头。

"我要毁了它！"她喊道——就像你每次在游戏开始时喊的那样。

你开始砸窗户，"好人之家"的居民们把头探出去喊："快修啊，阿修！"一切一如既往。

云妮洛普火速开始行动。

请翻至第79页。

所有孩子看起来都十分沮丧。利特瓦克先生转过身，步履艰难地走到游戏机旁。

你意识到他要开始干什么了。"他是要拔掉插头，结束游戏！快跑，快，快，快！"

所有卡丁车全都开始全速冲刺，你清楚如果断电时他们还在游戏里，那么他们就都会被困在里面。

如果利特瓦克先生真想把它卖掉，天知道这些赛车手的未来会怎样。

冲出游戏，冲进游戏中央站，请翻至第152页。

剑龙小心翼翼地走出残骸，睁着大眼睛看着你和卡洪。你伸手摸摸它脊柱上突出的骨板，这应该是抚摸恐龙的最好方式。

"一定是《恐龙公园》游戏里的。"卡洪猜道。

"你听到了吗，小家伙？"你对这个高兴地啃着你手指的小剑龙说道，"我们会把你带回家的。"

但是等你们到了《恐龙公园》，剑龙却不想离开你。每一次你和卡洪想退出游戏时，小家伙就跟着你，最后直接坐下来号啕大哭。

你看着卡洪："你怎么想的？我们要不要添加一位新的家庭成员？"她看着小剑龙跌跌撞撞朝你走来。"哦，为什么不呢？"她说。

你把小剑龙抱起来搂住，听到一阵轻柔低沉的声音。"这一定是他打呼噜的声音。"你说。

你和卡洪把小剑龙带回家，特别开心有了这么一个不同寻常的宠物。

你在想《快手阿修》里的"好人之家"居民看到一只剑龙会是什么反应！

完

你想要其他人打理游戏厅吗？
那就回第 6 页，重新选择角色吧！

"闪亮，闪亮，闪亮！"有人大声唱道。

"闪亮？怎么回事？你在哪里？谁在唱歌？"

你正在一个雪白明亮的屋子里，满眼看到的全是盘子。

"我们好干净，我们好干净！"盘子们唱道。

"我在哪里？"你问道，"你们对拉尔夫干了什么？"

海绵和桌布出现了，在你面前旋转。"噢，如果你使用闪亮牌肥皂，你的脏盘子将不再是烦恼！"他们唱道。

"什么？这是我听过的最糟糕的旋律。"

盘子越来越闪亮，最后你差点被闪瞎了眼。

你眯着眼睛看着晃眼的白色："我该怎么出去？我得振作起来！"

"购买闪亮牌，让你的盘子欢乐起来！"盘子一个个摞了起来，最上面的那个盘子站起来，上面出现了一个大大的笑脸。

"很高兴你终于闭嘴了。"你咕哝道，"现在容我想想。"你瞅了一眼雪白的房间，"我该怎么——"

音乐突然响起，盘子们又跳了下来，"闪亮，闪亮，闪亮！"他们唱道。

你捂住耳朵："够了，够了，够了！怎么没完没了！"

想脑袋清净，请前往第 180 页。

"嘿，云妮洛普！"太妃从一个橡皮糖跳到另一个橡皮糖上喊，"你走错路了！游戏厅马上就营业了！"

你假装没听见她说话，继续前行。你不想让其他赛车手知道你在干什么。毕竟，你的想法可能会彻底失败！

你从曼妥思山脚下摘下一些曼妥思塞进口袋。下一站——饮料储存站。你忘乎所以地吹着口哨，放了几瓶可乐在上衣里，同时警惕地观察着周围的路人。然后你沿着小路溜达，见到面包·夹心酥和甜鸡尾酒时一边点头，一边尴尬地想把瓶子藏好。他们奇怪地看看你。还好，他们没有停下来。你赶紧奔向卡丁车，跳进座位里。其他赛车手有的在起跑线附近闲逛，有的聊着天，有的调试卡丁车，有的狼吞虎咽地吃着早餐。没有人注意你。

好极了。

你绕着弯道驾驶，离开了大家的视线。"去曼妥思山。"你说，同时把三根蜡烛扔进车厢，"现在……"

一瓶可乐悬在油箱上方，你呆住了。你很清楚只要可乐碰上糖果，涡轮增压燃料就会让汽车飞出去。

你在车里旋转座椅，直到能够够到油箱。

"三、二、一，发射！"你把可乐倒进油箱，欢呼道。卡丁车就像火箭一般飞了出去！

冲啊！请翻至第246页。

你把手搭在保安肩上，准备把他引到离供给柜更近一点的地方，这样就可以让他在里面待一会儿，但是一阵摇晃之后，你向后一个趔趄。

"呦嗬！"你一下子被绊倒，摔了个仰面朝天，你喊道，"你吓死我了！"

云妮洛普皱皱眉头，原本她想伸出手戳一下保安，但是现在，她迅速地向后闪了过去。

"干吗，兄弟？"她问道，战战兢兢地搓着手。

"我还要问你呢！"保安盯着你们俩说，"不管怎样，现在都是违反游戏规则的。"

请翻至第97页。

　　"我不知道。"拉尔夫不情愿地说，他揉揉脖颈，"那里很容易迷路，我不想你找不到回来的路。"

　　"别担心我。"你给他保证。

　　"你肯定会迷路。"

　　"我不会。"

　　"你会的。"

　　"我不会。"

　　"你会的。"

　　"我会什么？"拉尔夫问道。

　　你顿了一下，努力地想你们俩是在争论什么。

　　哦，对！

你们要分开吗？请翻至第 44 页。

还是要待在一起？请翻至第 218 页。

你要做的第一件事是进入新 Wi-Fi。一旦有了网络，你就能找到易贝网，然后就能抢先获得《甜蜜冲刺》的方向盘。

你去了游戏中央站，走向一个透光的看板，那里写着明亮的几个大字"Wi-Fi"。等快到的时候，你突然看到了什么，心里一沉。

保安用警示带把插头堵住了。你得绕过警示带，插上插头，还不能让保安发现。

这不容易。保安正在那里巡逻，但你已经准备好了，你从你的工作服里掏出一块砖，翻过来，滑过地板。

很好。保安注意到了，他冲过去看是怎么回事。

你偷偷溜到插头旁，研究起来。你把警示带提起来，走到它下面，慢慢地小心翼翼地走进插头。但是你的脚被绊了一下，身子一斜，尴尬地倒在了插头的一侧。

你听到破裂声，啊哦，情况不妙。

你抬头一看，插头坏了，看板字幕一闪，灯光灭了。

好了，你的名字叫无敌破坏王拉尔夫，你打算对保安实话实说，这是你的本性。你就是你……

你想开启一段新的冒险吗？
那就回第 1 页，重新选择角色吧！

前方是薄荷和面包·夹心酥，看着和《甜蜜冲刺》里面的一模一样。站在她们旁边的不是别人，就是……你！好吧，另一个你——一身公主打扮。难怪太妃看到你的装备如此吃惊。

太妃嘴巴大张，向后跨了一步。"如果这个是你，"她用颤抖着的手指指着你说，"那么，那边那个是谁？"她转身用颤抖着的手指指着另一个云妮洛普问道。

"说来话长。"你说。

欲听解释，请翻至第262页。

"我们分开会让找到方向盘的概率翻倍。"你说。

"那么好吧。"拉尔夫不情愿地回答道。

"哦，我有个办法！"你说，"我们可以再有趣些。"

"你是在建议我想办法吗？"拉尔夫咧嘴一笑。

"比赛！"你们俩一起喊起来。

"赢的人能拿到奖牌吗？"拉尔夫急切地问道。

"当然。"你告诉他说，你知道拉尔夫对奖牌超级热爱，"我们可以这样：谁先拿到方向盘，谁就先赶回游戏中央站，我们不能让利特瓦克先生清除《甜蜜冲刺》。"

"必须不能。"拉尔夫使劲点点头说。他傻笑着说："而且输的人要给赢的人洗一个星期的衣服。"

你看着拉尔夫，光洗那些工装就需要一个星期，但是你自信自己不会输，所以伸出手说："就这么定了。"

"就这么定了，"拉尔夫说，坚定地和你击了一掌，"等等……赢的人得让输的人知道他们已经拿到方向盘了，不然他可能就得永远待在这里了……"

"嗯。这是个难题。"你和拉尔夫坐下来想，"一定有什么方法能给网络里的某个人带句话。"

请翻至下一页。

"带话?"开着一辆小车的女士急刹车停到你和拉尔夫面前。这辆迷你车身上印着一个信封标志,"你们是不是有什么电子邮件需要我传送?"

"呃,不是现在。"你说道。"也许过一会儿。"拉尔夫补充道。"那么那时我们该怎么做?"你问道。

"只需要招呼我们停车。"女士说,"有将近一百万个像我这样的人在网络的各个角落为大家传送信息。"

"哇哦,"你说,"了不起。"

"很少会有人说谢谢。"女士抱怨道。

"谢谢。"你和拉尔夫响亮地异口同声道。

她笑了:"不用谢!再见!"

你们看着她的车从视线消失。"那么这个问题解决了,我们要留意这些送信的人。"

"你来留意,"拉尔夫说,"因为我是给你送信并且告诉你我是第一个拿到方向盘的人!"

你看着拉尔夫跳上一辆线条流畅的火车,你在想这会往哪里开呢?可能是特别好玩的地方,就像这里一样好玩。

你明白你需要找到方向盘,但是你要怎么找到机会呢?而且,保安可能会在这一切结束之后想办法把你和拉尔夫清除出去。这是你唯一的机会。

请翻至第22页。

赛车手们跳出卡丁车，四处乱跑，彼此相撞，极力地想逃命。你看着坏蛋们追着他们在甜甜圈山上上下乱窜。

　　赛车手们被赶下山的另一侧，坏蛋们都费力地向你跑过来。"好玩！"僵尸一边吃力地跑一边喘气地说。但是赛车手们觉得好玩吗？你和坏蛋们是不是太过分了？坏蛋们击掌欢呼，你搓搓后脑勺，在想……

　　"也许我们应该降低难度，"你说，"我想让游戏更具挑战性，但不是要造成伤害。""但是我们是坏蛋，"生化人抗议说，"我们要面对真实的自己。""让我做我自己吧！"单眼巨人紧跟着说，他用乞求的眼神注视着你。此刻你意识到这可能不是最佳方案，所有赛车手都受到了惊吓，连云妮洛普都跑到山那边去了。你该去道歉吗？把他们一个个哄出来？

　　你转身看到坏蛋们已经散了，他们遍布整个游戏，做尽坏事。生化人捣毁橡皮糖，僵尸用小斧头剁碎拐棍糖树，女巫用她的蓝色手指一点，就把奶油草坪凝固住了。

　　这不是你的初衷。你并不想让他们破坏游戏！你只是想让他们跳出来、吓吓跑道上的车手们。

　　"嘿！"你挥手想引起他们的注意，"停下，我们需要……"身后一阵声音，把你的声音淹没了。

请翻至第 20 页。

万事通在键盘上敲了
几个字母，"好了。"他说，
"易贝网里有卖的。他们有
大量备用零件，包括你的方
向盘。"

"我们找到啦！"你欢呼起来。

"我们怎么能找到这里？"拉尔
夫问道，"需要船吗？"

"不是贝壳的贝。"万事通
说道。

"那为什么要有'贝'这个字？"拉尔夫指了指这个字。

"快点，拉尔夫。"你拽了拽他的手说道。你知道他会
陷进这种对话里出不来，"我们的方向盘在等我们呢。"

万事通不知道是为什么，所以当他看到你拽着拉尔夫
走开时，一脸释然。"你要做的就是点击屏幕。"他指导着
你和拉尔夫，"然后就会直接被带到目的地。"

"准备好了吗？"

"准备好了！"

出发！请翻至第127页。

Choose your adventures! | 47

"第一圈。"播音员继续道，"跟上我们舞者的步伐，摇滚先生！"

一个屏幕降下来，一个穿着满身亮片套装的家伙出现了。他对着大家咧嘴一笑，竖起两个大拇指。你发现俱乐部到处都是屏幕。不管你在舞台哪里，都能看到摇滚先生的舞步。这太有趣了！你以前从没有跳过舞。

"你可能会想一整夜待在那里，小鬼。"你告诉还在你肩膀上的云妮洛普说，"下面那么挤，你不想一起吗？"

"哎哟！"你旁边的一个人一把抓住脚蹦了起来，"你看看你是怎么跳的，你个大傻瓜！"

"对不起！"你对他说。

"你是对的。"云妮洛普大笑着说，"还是上面安全，远离你四十几码的大脚！"

"一起数三声！"播音员大声喊。

你周围的所有人，包括所有的比赛选手全部都在扭动，有的人跳双人舞，有的人单人舞，每个人都看起来非常认真。"一！二！……"

拿出你最优美的步伐，像芭蕾舞演员一样，请翻至第116页。

你发现云妮洛普在你的砖头堆上。

"嘿，小鬼！"你喊道。

"拉尔夫！"她吓了一跳。"你怎么了？"她揉揉睡眼蒙眬的眼睛，问道。

"快起床，穿上你的鞋子，小鬼，因为我们马上就要出发啦！"你说。

她满脸疑惑地看着你："你在说什么呢？"

请翻至第88页。

“跟我来。”你告诉她。

她给你敬了个礼。“带路吧，勇敢的领路人。”

你和云妮洛普闲逛的同时，也在关注着插头墙。“嘿，这里，伙计。”你跟保安打了个招呼。

“过得怎么样？”

他的眼睛从写字板上抬起来：“有什么我可以效劳的？”

“我们在一起的宝贵时间并不多。”云妮洛普说。

“绝对如此，”你咧嘴笑道，“就是这样，对吧，小鬼？我们需要对保安多一些了解。”

保安眯起眼睛满脸怀疑地盯着你——满脸怀疑。

在他骂你之前你最好离开，不然你的机会也丢了。

请翻至第 **40** 页。

现在有太多外星人了，你看不下去了！

你捂住眼睛，听到一声爆炸声。

哦，不！云妮洛普在她的游戏外死了！她无法重生！你把她带到这个危险地方的时候怎么就没想到呢！糟透了！你冲自己骂道。

你从手指缝里偷看到云妮洛普的飞船已经成了碎片。当你看到云妮洛普慢慢地飘到地面上时，"谢天谢地，还有降落伞。"你咕哝道。

你跑过去。"为什么不射击外星人？"在她解降落伞带子的时候你问道，"那样你才能赢得比赛。"

云妮洛普耸耸肩膀："驾驶飞船比光按'发射键'有趣多了。"

"你还想再去一次？"你问道。

"算了，"云妮洛普说，"游戏结束得太快。"

"好吧，也行，你不想玩就算了。"

"飞行部分特好玩。"她说，"但是只有我一个人，我想要《甜蜜冲刺》所有的赛车手都在。这个游戏只有我和外星人对抗。想法不错，但我觉得游戏不该只属于我一个人。"

有道理。请翻回第162页，为她重新选个游戏。

你感激地对拉尔夫点点头，然后继续。

"具体一点，我们在找经典游戏《甜蜜冲刺》里需要的方向盘。"

万事通的脸变蓝了，开始大幅度地笔画手势。

"现在你可以让他说话了，拉尔夫，我说完了。"

"你找到了？"拉尔夫一手捂着万事通的嘴一边问道，"《甜蜜冲刺》的方向盘。"

万事通疯狂地点头，你看得出他这样并不仅仅是因为需要呼吸，他渴望挣脱，拉尔夫把他放开。

万事通深吸一口气，然后混乱地说道："《甜蜜冲刺》……方向盘……找到了。"瞬间，你游戏里的几个角色跳到你面前。每个角色的角落都有一个插口：里面就是方向盘的特写。

"嗯……为什么看着都一模一样？"拉尔夫挠挠头问道。

万事通张开嘴巴，又闭上，然后试探地问道："我能回答这个问题吗？"

"当然。"你说道，并夸张地做了个手势表示你允许他说话。作为公主，你已经学会了一些花哨的动作。

请翻至下一页。

万事通被允许展示自己的知识，所以感到特别兴奋，嘴里立刻吐出一大堆真相和数据，简而言之，就是《甜蜜冲刺》一共有五个不同的版本！

"都有谁知道？"你特别吃惊但又特别开心地说。

"反正我们俩不知道，这是肯定的。"拉尔夫说。

你和拉尔夫研究各种游戏。

"你知道哪一个是你的吗？"拉尔夫问道。

你确实知道，但是现在你在想怎么可以玩到其他版本的《甜蜜冲刺》呢？

如果你要去那个对的《甜蜜冲刺》、找到那个方向盘的话，请翻至第 47 页。

如果你想玩不同版本的《甜蜜冲刺》的话，请翻至第 174 页。

"谢谢，拉尔夫！"她一边在弯道处加速，一边高兴地喊道。但是紧接着她的轮胎出现了问题。

你的笑容开始褪去。"哎哟！"你看到她努力地想重新控制住卡丁车时小声说。车子突然转向，开始"之"字形滑动——

她错过了一个弯道，车身倾斜着滑出车道，翻进了阴沟里。这和你的计划大相径庭……

你从拐棍糖树上跳下来跑向她。"小鬼，你还好吗？"你问道，"你的卡丁车卡在了巧克力坑里。"

"天啊，太好玩了！"她大喊道，"这个车道太赞了！谢谢，谢谢，谢谢！"

"云妮洛普快起来！"有人从甜甜圈山上大喊。是另一个赛车手，太妃。"我们有个情况。"

你帮着云妮洛普爬出卡丁车，谢天谢地，她没有受伤。你们俩和太妃在山顶会合。你一下子就看出了问题：《甜蜜冲刺》的方向盘坏了！

"你做了什么，拉尔夫？"太妃问。你还没开口，云妮洛普就插嘴说："他只是想让游戏更刺激，别怪他。""是啊，"你附和道，"放松一点，太妃，利特瓦克先生会修好的。"

请翻至第 111 页。

"你是在找什么吗？"一个戴着耳机，手拿键盘的小个子男人走到你跟前问道。

"别理他！"一个女士驾着车过来，跳出车，你看到她坐在一个大大的电话簿上面。你注意到一个放大镜标识在卡丁车一侧的车身上。

"不不不！"一个拿着搜索盒的家伙挤过来走到你和云妮洛普面前。

"后退！"万事通喊道，"他们是来向我寻求帮助的。"

大家都没有理他，继续往前挤。

云妮洛普瞬移到你的肩头，以防被压扁。"他们是谁？"

万事通叹了口气说："其他搜索引擎。"

"你的意思是他们都有各自的搜索方式？"云妮洛普问道。

"是的。"万事通承认说，"而且他们每个人都觉得自己是最棒的。这当然不对，"他继续说，"大家都知道我才是网络世界最强大的搜索工具。"

"哦，是吗？"戴耳机的搜索引擎向万事通的柜台逼近一步问道。

"我的搜索结果特别快……"

"我可以进入……"

他们彼此争论不休。

请翻至第256页。

你现在是
阿修

你在想拉尔夫和云妮洛普在互联网会闹出什么样的事，你一个人痴痴地傻笑道："那些网民不知道他们是干吗去了。"

现在，《甜蜜冲刺》的插头被拔掉了，但是你相信那两个淘气鬼会不遗余力地找到备用方向盘。游戏厅明天不营业，所以他们可以有时间照顾一点生意。而且，有了新款 Wi-Fi 和那些对《甜蜜冲刺》的不确定性，每个人都感觉有些混乱，所以最好大家都休息一天，天知道这些新变化会带来什么结果。但是你是快手阿修，所以如果哪里出了问题，你一定能修得好。

请翻至第 76 页。

你吹着口哨在游戏中央站闲逛。你路过一家新开的游戏——《宝贝竞赛》，主要玩家是低龄儿童。负责游戏的保姆站在插头边，看起来筋疲力尽。她蓬头乱发，站在那里眼睛紧闭，好像睡着了一样。你听到游戏里有个婴儿在哭。

"打搅一下，"你一边靠近她一边说，"我想您那边有人需要照顾。"她睁开眼睛叹了口气："不急，我得先休息一晚。"

一只可爱的小狗朝你跑来，求你抚摸它。"小可爱，你从哪里来？"你一边挠着它耳朵背后一边说。"附近有家宠物店，"保姆小姐说，"一定是从那里跑来的。"

你向四周扫了一眼，发现附近地板上有一个很大的蛋。

有三样东西引起了你的注意：一只走失的小狗，一个被人遗落的蛋，一个累瘫的保姆。哪里都需要你的帮助，可是你无法同时帮助三方。

如果要照顾小狗，请翻至第 252 页。

如果要找到蛋的主人，请翻至第 156 页。

如果要让保姆休息一晚，那么你得走进《宝贝竞赛》，请翻至第 221 页。

到处爬满了机器虫，你听到周围噼噼啪啪的激光发射声，云妮洛普跑了几步，然后被裤腿绊倒。你跑过去扶她，但是她已经站起来，瞄准目标开始射击了。

她前面的士兵的屁股挡住了她，结果她错过了目标打中了士兵！

"哎哟，"云妮洛普把帽檐扭过来说道，"这个愚蠢的家伙挡了我的道，没打中。"

卡洪出现在你身边："你很有热情，警官，但你出局了。"

"同意。"云妮洛普说道，"这个不适合我。"

好吧，只打了一枪。

请翻至第 162 页，重新选择游戏。

"哇哦！"你盯着周围说，"这里比《甜蜜冲刺》小多了，"你鼻子一痒打了个喷嚏，"也脏多了。"

你在这个熟悉又陌生的地方转悠，注意到很多相似和不同之处。"哦，他们的云是棉花糖，不是棉花软糖。"你说，"我可以对此提个建议。巧克力池塘也浅得多。"

你注意到一个女孩子爬上了甜甜圈山，她和你游戏里的太妃长得一模一样，只是头发换成了红色，不再是棕色。

她认出了你，恍然大悟。"云妮洛普公主，你穿的是什么？"她问道，同时跑下山来见你。

你看看自己，就是平日的装束：绿色卫衣，黑色短裙，条纹紧身衣，高帮运动鞋。"嗯，我穿的是我自己的衣服呀？"

"你的皇冠呢？"她指着你的头问道，"还有你带五个衬裙的漂亮的绿闪闪的礼服呢？"

"五个衬裙？"你乐了，"要想穿五个衬裙可不容易啊。"

太妃叹了口气："也对，但是好像我们开车没开多久。"

"什么？"你吃了一惊。

请翻至第 164 页。

"快点，拉尔夫，"你说道，"我们继续，时间不多了。"

"玩得开心。"保安说，"不要被不明事物整迷路了。"他走远了。"你，那里！"

你听到他喊："你们打算怎么处置这些曲奇？"

"拉尔夫，我在想……"

"什么也想不出来。"拉尔夫嘲笑道。

你没有理会继续说，"也许我们应该分开，"你眼里一片空白，建议说，"这样可以去更多的地方。"

请翻至第 41 页。

"你们可能在想我为什么把你们都聚集到这里来。"你对着已经集合的"好人之家"的居民说。你们此刻在《快手阿修》吉恩的阁楼套间里。

"你们知道云妮洛普对我来说意味着什么。"你说,"所以,如果你们能帮助我让她开心,我将不胜感激。"

"你不能指望我们。"阿修声明,"我说的对吗,'好人之家'的居民们?"

大家的脚在地板上来回蹭着,眼睛看着地面,假装没听到阿修的话。

阿修皱皱眉,他上前一步走到你旁边。"我知道云妮洛普和拉尔夫可能对你们做了恶作剧,"他说,"但是我们一致认为他俩只是可爱的小淘气。"

吉恩清了清嗓子,然后看向远方。

"嗯……是的……当然……"拐角里一个女士说道。

情况不妙。

阿修把手放在屁股上,摇摇脑袋。"'好人之家'的居民们,我为你们感到羞愧,我们都是友好的人,这就是说,如果我们团队里有人需要我们,那我们就要出力。"

请翻至下一页。

哇哦，他是真的想让他们执行任务，你并不知道还有这一手。他转过身面对你说："很高兴出力，只管告诉我我能做什么吧。""你能出什么力？"问话的人是卡洪——阿修的妻子。在游戏《英雄使命》里她与网虫作战。你和云妮洛普认识的时候，他俩也认识了。

　　你不确定她对阿修主动出力这件事的态度。

　　"呃，我是这么想的。"你说，你希望卡洪不要拒绝，"云妮洛普觉得没意思，我想如果我们给她的游戏来点惊喜，那么就会更刺激。你懂的，这样就会更好玩。"

　　"算我一个。"卡洪马上说，"我正好需要一些额外训练，来应对出其不意的状况，让我充满竞争力。"

　　"很高兴我们能一起尝试一些新鲜事物，我的甜心。"阿修说。"我觉得我能帮上忙。"吉恩扯了扯领带说。

　　"太棒了！"你鼓掌说道，"那我们十分钟后《甜蜜冲刺》见！"

请翻至第 212 页。

"只要我的生活完美了，"你悲伤地想，"我就去毁掉它，我想我不会很吃惊，毕竟我是破坏大王拉尔夫，逃脱不了命运的。"你长长地悲哀地叹了一口气。

你摇摇头，努力想摆脱这种情绪，你不能放弃！你一拍膝盖站了起来，一切都要改变！以前改变过，现在也能！

游戏厅里的孩子是怎么说的？他们在新的互联网里发现了《甜蜜冲刺》的方向盘，那个地方叫易贝……易宝还是易必什么的。只有这件事能让云妮洛普高兴，所以你要去做这件事，你要找到那个地方，为《甜蜜冲刺》找到一个新方向盘，一切就都正常了。

告诉云妮洛普这个计划，请翻至第 49 页。

不告诉她，请翻至第 42 页。

有个问题：插头用警示带盖起来了。你没有多少时间了。“那我们就砸了它。”你举起锤头大的手提议说。

“别急，超级破坏大王，”云妮洛普说，“破坏不能解决所有问题。”

你放下手，噘起嘴，尽管你知道她说得对。

她往前一步，仔细地研究插头。

“易如反掌！”她叫道，“我们只需要绕过去。”

你把警示带抬到足够高，让她能从下面溜进去，然后你跟在她后面。成功穿过之后，你们俩击掌庆贺。

“现在……进入网络空间！”你宣布。

请翻至第 253 页。

你不能离开游戏太久，所以分开是个好主意！

"好吧，拉尔夫，我去看看那个家伙能带给我们什么！"云妮洛普指着巨型搜索盒标识说道。

他赶过来："随时听您指示。你们的选择是对的。"

云妮洛普从你的肩上跳下来，搜索盒挽起她的胳膊，迅速地把她领走了。其他两个搜索引擎向你冲过来。

"不！"你说，你伸出大手阻止他们，"我和这个小家伙一起。"

他们咕咕哝哝发着牢骚，那个女士开着卡丁车走了，戴耳机的男人也大步流星地离开了。

万事通整了整帽子，把小坠穗拨到前面。"那么现在，"他说，"你要不要告诉我关键词？"

你拍拍口袋："嗯，我好像把钥匙落在家里了。"

万事通满脸迷惑。

请翻至下一页。

"你在找什么？"万事通催促着说，"你要去哪里找？"

你想到了游戏厅里的孩子，他们在互联网找到了《甜蜜冲刺》的方向盘。这也是你现在在这里的原因。但是方向盘到底在哪里呢？

"好吧，我们——"你环顾四周，想起云妮洛普已经去找那个知道地方的人了，"我在找卖东西的地方。"

你面前拐角处的一扇空窗打开了。万事通的指尖在键盘上犹豫徘徊。

"我听到你说 amaz——"

你好奇地观察着，万事通敲键盘的同时窗户上出现了几个字母"a，m，a，z"。但是接下来出现的不是"i，n，g"，而是字母"o，n"。

"亚马逊？"你念道，然后你瞬间就被装进吊舱极速运走了。

"我怎么可能在丛林里找到方向盘？"你哭喊道。

抵达目的地，请翻至第102页。

你在各式各样的图片中穿梭，有的画的花，有的画的猫，还有狗、星星、卫星、书目、鞋子，还有各种各样的食物。

"游戏一定有规则。"你咕哝道，"我要找出来！"

你抓起几幅图，把它们排成长方形。

"如果重新排列，会不会组成一幅大图呢？"你往后退了一步，开始研究起来。"好像不行。"

你又找到几幅图，把它们放在一起，组成一个三角形。

"不，根本看不懂。"

你继续在画片之间穿梭，希望能够找出游戏规则。

思考游戏规则，请翻至第 171 页。

你发现自己在另一个装卸平台上，凝视着互联网这个巨大的岛屿。这里灯光忽闪忽灭，信号极速旋转，网民们忙忙碌碌，你不知道该从何下手。

你叹了口气。如果游戏被永远终止了，云妮洛普还会是你的好朋友吗？更重要的是，你会在这个巨大的迷宫里找到她吗？

你扑通一声跳下护栏，低垂着脑袋。"我要是永远都找不到她了呢？"

"找到谁？"有人在你头顶上问。

你抬起头看到一个高个子的妖媚女郎。她的黑色短发遮着一只眼睛，时髦的白色裙子和天蓝色的耳环让她看起来很是俏丽。

"你想找什么都行。"她告诉你说，"你只需要知道找什么，而我知道怎么找！"

你一步从她身边溜开。"你也是搜索引擎吗？"

她大笑道："我比他们强多了，搜索引擎还要找我给他们帮忙呢！"

你提起神来，有种预感，她就是那个能帮你找到云妮洛普和方向盘的人。

请翻至第 225 页。

她绕着你转了一圈，你和她走进满是屏幕的竞技场，每个屏幕显示的内容都不一样。"我爱这个地方！"她把你引到座位上说，"他们的动图和魔音都超赞！"

"什么和什么超赞？"

她睁大眼睛看着你："你是从哪儿来的？从地缝里钻出来的吗？"

"从垃圾场的一堆砖头上来的。"

她大笑起来："我喜欢你，你是复古范儿的！"

"好吧，我的游戏——"

她摸摸你的下巴："也许我们该让你恶补一下功课，要不然你的脑袋要爆炸了。"

"啊，不要，"你告诉她说，"你一定要想个别的游戏。"

她看着有些茫然，但是马上就从椅子上跳了下来。"哦，看那个！"她一把抓住你的手把你拽到一个屏幕前，上面播放的是一个小狗滑滑板的视频，但是只有五秒钟时间，然后就重播，一遍又一遍。

赞姐咯咯咯地笑："我想一直看下去，哦，看那个！"

奔向下一个动图，请翻至下一页。

赞姐从一个屏幕跳到另一个屏幕，一路上拉着你。你在想为什么竞技场里要有座位，没人会愿意在这里静静待着的，很多人都是从一个屏幕跑向下一个屏幕。

　　"山羊练瑜伽！一只猫在弹钢琴！滑雪运动员的杂技！"赞姐对每个短视频都兴奋不已。

　　她让你觉得晕。"那么怎样才可以找到我的朋友？"你一屁股坐到座位上，希望她也能坐一会儿。

　　你觉得很难找得到云妮洛普了。

　　她坐在你身边。"你的朋友？"她问道，"就是你要找的那个？是你的朋友？"

　　"是的，我要找我的朋友云妮洛普，还要找一个方向盘。"在她跳到下一个话题之前你补充道。

　　"你有没有查一查你的朋友名单？"她提议，"也许她在那里。"

　　"我没有这样的清单，"你说，"我记得他们，不需要写名单。"

　　她盯着你。"是吗？"她难以置信地说，"我根本记不住我的 10345982 个朋友，我一直在更新我的朋友名单。"

请翻至第 84 页。

"别这么怪胎！"那个女士说道，"我，赞姐，对互联网的所有事都了如指掌。"

你眉头紧锁，"赞姐？"你重复道，"那是谁？"

她大笑道："我是计算程序负责人。"

你点点头，但是并不知道那是个什么头衔。"什么意思？"你问道。

"意思是我对这里的一切无所不知，我可以插手所有事……"

你感觉到她要说好一阵子，所以马上打断她："那你能帮我找个方向盘吗？"

她顿了一下，嘴巴大张，然后皱皱眉头说："我没听说方向盘要流行啊。"

"我才不在乎什么流行不流行，"你厉声说道，"我就是需要！"

请翻至第 215 页。

"首先，我把所有物品上都关联上有意向的买家。"她说，"那样的话，如果有人要买的话，他们会直接告诉我们，然后我们开始搜索。我们用关键词、描述符以及所有我们能想到的办法开始全网搜索。"

你不明白她在说什么，但是你并不想打断，她太忙了。她轻敲着眼镜，愤怒地拨着电话号码。她周围的屏幕开始跳出来，让人头晕目眩。

"你怎么追踪到这些的？"你问她，目光从一个屏幕跳到另一个屏幕，再跳到下一个屏幕。

努力跟上节奏，请翻至第 216 页。

僵尸和酸比尔在进行他们的任务的时候，你和阿修潦草地记着笔记。

"挖深一些，"阿修指导酸比尔说，酸比尔从第一个窗户开始就不懂得搞破坏，"你以前真的不行，再试一次。"

"我做不到。"酸比尔发火了，他绿色的面孔因为使劲变得通红。

你注意到僵尸有进步，他边上的几个窗户已经被砸烂了，并发现他正在往下一层爬，就在那时你意识到——他的身体零件在随着他破坏的东西一起掉落！

"我没想到僵尸如此不堪一击。"你对阿修说。

请翻至第 149 页。

这个互联网把你整得筋疲力尽，周围一切都在不停地动，到处都是噪声，四处都是人群，一片混乱。你需要休息，所以你决定让赞姐接班寻找方向盘和云妮洛普，你得先打个盹儿。

但是一切还得继续不是吗？所以请翻至第89页，在那里，你将变成……

你跳上一辆满员火车，这里很受虚拟形象——真实生活里的人的代表的欢迎。你兴奋地意识到，如果有这么多人在玩，那么这一定是个热闹的游戏。

火车离开了城市，咔嚓咔嚓地驶入森林。当你出现在另一边时，火车已经驶过了一片四周是花海，沐浴在阳光里的草地。

一个大城堡离你越来越近，你的眼前开始出现城堡的投影，这里防守森严，你看到塔楼里的爵士拿着长矛观望。

火车停在了影子里，车站很隐蔽——你出站以后几乎看不到车站的位置。虚拟形象们争先冲出火车，你吃惊地看着他们在你眼前变形：有人穿上了铠甲，有人生出了翅膀，有人变高了，有人变小了，有人甚至变成了动物！

请翻至第 213 页。

你知道"好人之家"的居民看到你和你的新娘喜结连理时会特别吃惊。你们俩确实太不一样了。她可是来自《英雄使命》，这是一个栩栩如生、画面华美、惊险刺激的游戏，而你出生于一个传统的八字节游戏。

她比你厉害，她铲除危险的机器虫，你用你父亲传给你的魔力锤修理拉尔夫破坏的东西。她比熏肉条还要结实，你的性格有点黏糊。但没有人质疑你们对彼此的爱。

"也许，"你想着想着自言自语道，"正是因为我们如此不同，我们的婚姻才如此稳固。"

请翻至第57页。

"这是你的吗？"卡莱尔先生带着小狗跑进小吃店，来到你身边。

小狗高兴地扭动着身体，努力地想舔卡莱尔的鼻子。卡莱尔先生看着并不高兴，他把小狗放进你怀里。

"管好你的狗！"卡莱尔先生说，"等我发现时，它已经吃掉了十四个火腿三明治！"

"对不起。"你把小狗放在地板上说道，它立马把链条绕在你腿上，"当然，我会为那些三明治买单的。"

"那你要不要给我的拖鞋买单？"巫婆怒气冲冲地走到你面前。她看着像发了疯。"我刚把新买的拖鞋放在我旁边的椅子上，就看到你的这只小狗咬住了一只，然后把它嚼碎了！"她晃动着那只已经被咬碎的软塌塌的拖鞋对你吼道。

"哦，我的小可爱。"你叹了口气，处理这种情况你还真的不擅长。

请翻至第194页。

你看着赛车手们玩着把戏，表演着你从没见过的特技，吃了一惊。他们驱车越过障碍，只用两个轮子就能保持车身平衡，车子就像飞起来了一样，弄得坏蛋们没法预测他们到底从哪个方向来。

　　"哦，我的……"你已经词穷了。

　　坏蛋们已经被吓破了胆。

　　好了，这就是惊喜。

请翻至第 126 页。

云妮洛普绕着大楼到处搞破坏。阿修还没来得及把派收集好，你就全部吃光了。你砸碎一块砖，然后把碎片撒得到处都是，搞得阿修都没法修复。

游戏结束时，阿修已经气喘吁吁了。他要想得到奖牌，就要比平时修复更多的东西。

吉恩走到你和云妮洛普面前，摇着你的手说："这个游戏真刺激！"

"嗯，我必须承认你绝对挑战了我的极限。"阿修说。

"希望你一切都好。"你说。阿修花了更多的时间才赢得比赛。事实上，你和云妮洛普让他在第二级待太久了，你一度怀疑他还能不能通关！你希望你没有给他带来太多麻烦。

"哦，我太爱这个游戏了！"他对你说，"我老婆说我还得多锻炼。这个小淘气总把我吓一跳，我得保持健康。"

你和云妮洛普相视一笑，你为她想到了一个完美的解决办法。

你想开启一段新的冒险吗？
那就回第 1 页，重新选择角色吧！

　　保安举起手："我没办法！我们保安巡逻的时候从来没有见过超负荷电路。"他叹了口气，一屁股坐在地板上。你见过他愤怒、生气，但是从来没有见过他悲伤，也没有见过他心烦意乱。你感觉糟糕透了。

　　你能看得出云妮洛普也一样。她也一屁股坐在他旁边。"我们会帮你解决的。"她承诺道。

　　又是一声叹息。"你们帮不了。一切都得靠外援。"

　　"那么我们等你，一直到灯光再次亮起来。"你跟保安说，你和他们俩一起坐下来，"我们会跟大家解释都是我们的错。"

　　"谢谢。"他低声说道。

　　请翻至下一页。

"你知道的，事实上还有一线光明。"你对他说，努力想让他往好的一面看。这可能有点苛求，因为你周围一片漆黑，根本没有亮的东西。

"是吗？"保安闷闷不乐地说，"是什么？"

"我们一直觉得你有点沉迷于游戏规则了。但是现在我开始明白你的重要性了。"

"我也是。"云妮洛普说道，"你真的很……重要！"

你看得出他坐在那里背挺直了些，他感觉好些了。

"我们也会让所有人都知道你的工作对他们来讲也一样重要。"你许诺说，"而且我们遵守规则的话，情况也会改善一些。"

"一些！"云妮洛普强调说。

"谢谢。"保安说，"这一点很重要。"

你吃惊地意识到，你说出了心里话！

所以，接下来很开心……

你想开启一段新的冒险吗？
那就回第 1 页，重新选择角色吧！

"如果没人参赛的话，那么赛车的意义何在？"太妃问道。

你盯着她，"为了刺激！为了开心！为了保持你的驾车技术！为了探索新车技！"

"我觉得我们有点懒散了，"云妮洛普公主坦白地说，"没有真正的赛车手，我们在走下坡路。""是时候做出改变了。"你宣布道，"我们现在就开赛！"你的热情很有感染力，女孩子们欢呼起来。"只有你们四个人？"你问。"我们是原始四人组。"云妮洛普公主骄傲地说，"我们四个给好几百的赛车手带去了欢乐。"

"是好几千。"太妃纠正说。

"了不起！"你承认道。

女孩子们钻进了卡丁车，然后你发现没有你的车。云妮洛普公主一定猜出了你不能参赛时有多失望，她走到你面前，一只手放在你肩上，说："开我的车吧！""你确定？"你问道。她坚定地点点头。你跳进她的卡丁车，测试了一下引擎。起先车子发出几声刺耳的声音，接着又噼里啪啦响了几下，但是马上你就听到了熟悉的轰鸣声。

你周围的其他赛车手也正在发动引擎，他们也需要时间热车，但是这些卡丁车好像已经蓄势待发了。

请翻至下一页。

"准备——出发!"云妮洛普公主甩下旗子——你出发了!

车道没有太多拐弯,也很少有障碍物需要跨越,车也开得不快,但是游戏依然具有挑战,因为有一部分和以前完全不同,至少对你来说是全新的。你心里很感谢拉尔夫给你找到了方向盘,让你能体验这一版的《甜蜜冲刺》。

你冲过终点线。过了一小会儿,薄荷和面包·夹心酥也冲过了终点线。你们彼此击掌庆祝。

"太好玩了!"太妃满脸通红地喊道。"就算没有人参赛,我们也应该一直这么开下去。"薄荷说。"可以吗,云妮洛普公主?"面包·夹心酥问道。"很高兴见到大家,"你对着她们说,"但是我还要继续。"

你拥抱了每个女孩。云妮洛普公主挽住你的手把你拉到一边私底下问道:"我能和你一起吗?一起去你的游戏?"你吃惊得一个劲儿眨眼睛。

你怎么想的?

想说同意并带她一起去你的《甜蜜冲刺》,请翻至第196页。

想拒绝并解释原因,请翻至第95页。

现在该你觉得不可思议了："天啊，这么多朋友，你怎么能约得过来？"

赞姐大笑着说："笨蛋，我们不约，不在现实生活里约。"

"啊？"

"现实生活，"她解释道，她看看你，"我猜你也不用短信。"

你耸耸肩，说："不需要，我和我的朋友一直在一起，我是说在现实生活中。"

她的眼睛在眼镜后瞪得老圆。"线下朋友，厉害！我的朋友绝大多数我都没见过。"

请翻至下一页。

你摇摇头："我不明白……那还算得上朋友吗？"

"当然算！"赞姐站起来打了个响指，一个屏幕跳了出来，是个好长好长的名单，每个名字旁边都有一个虚拟形象。"瞧！我的朋友名单。"

"好多名字啊。"你说，"但哪个是你最好的朋友？我的好朋友有阿修、僵尸还有吉恩，云妮洛普最特别，她是我最要好的朋友。"你深深地咽了一口口水，光是说说你的朋友就让你很想家。

赞姐坐了回去。"最好的朋友？"她重复道，她偏着脑袋想。"嗯……我有好多最好的名单。"她说，"最好的电影，最好的烹饪厨师，最好的发型师，最好的搞笑动物视频，这些种类之下还有好多好多分支，但是我从没有最好的朋友名单。"

"不是名单，"你抗议道，"是哪个人。"

"哪个人？这是什么意思？"她问道。

"最好的朋友是指你想每天在一起的人。"你说，"那个人为你买东西，不介意你把事情搞砸，那个人大笑起来能惹得你也笑个不停，那个人比你开的玩笑还狠，那个人给你起滑稽的绰号，那个人能从你身上看到别人看不到的优点。反过来也一样。"你长舒一口气，"你懂的，这就是最好的朋友。"

请翻至下一页。

让你吃惊的是，赞姐沉默了，然后你看到她小心地用小手帕擦拭眼里的泪水。

"你还好吧？"你问道。

"我？我很好。你只是让我想起了……算了……没什么。"

她马上恢复精神，跳起来，变了一个发型，换了一套装束，涂了口红，眨眨眼睛说道："好了，你说服了我，我们出发去找你朋友。"

你也站了起来。"我真的想找到方向盘！如果可以的话，先找它。"你说，"这样的话我可以帮她保住游戏。"

赞姐宽容地笑笑。"呀！"她朝你晃晃手指，"你想当她的英雄。"

你低头看着脚趾。"其实，她确实觉得我是她的英雄。"

"那我们就不能让她失望！该是同时进行多项任务的时候了！"

她拍拍身边的位置，你坐了下来。

请翻至第 72 页。

你和云妮洛普站在舞台中央。现在你正在《纵情摇摆》这个游戏里。多彩霓虹灯一闪一闪，重音乐让地板颤抖，你周围的所有人都跳了起来，旋转，跺脚，大家基本都跳得很傻。

云妮洛普看着你说着什么。

"什么？"你喊道，音乐声太大你什么都听不见。

她又说了一遍。

你把手拢在耳朵上，弯下身靠她更近一点。"你说什么？"你又喊了一遍。

"我说，"她朝着你的耳朵大喊，"这是什么游戏？"

你挺起身板。"老天，你这是要把我耳朵震聋吗？"

她瞬移到你的肩膀上。"不是我，是这个游戏。"

音乐突然停了，一个空格键在清扫舞台。"第一轮比赛开始，"宣判员大声宣布，"舞者们，各就各位！"

"跳舞比赛？"你说，"我不确定……"

你话还没说完，周围就围上来一群舞者，你和云妮洛普被挤到了舞台最中央。

跌跌撞撞至第 **48** 页。

"我们要去互联网了。"你耸耸肩说道。

"什么?"

"是呀,"你继续道,"去找能修理你的游戏的零件。"

她跳了起来。

"真的吗?"她问,"哦,天哪,真的吗?!"

"是呀,我刚才说的是'我们要去互联网了''我们要去互联网了'! 走喽!"

你转身出发,云妮洛普跟在你后面。

你和云妮洛普离开了《快手阿修》前往游戏中央站。你们藏在一个纵队后面,偷偷往周围看。

哦吼。

保安正在路障 Wi-Fi 插头处巡逻,只要他在那儿,你就没可能进入互联网。

"现在我们该怎么办?"云妮洛普问道。

你想困住他吗?请翻至第 10 页。
你想引开他?请翻至第 145 页。

你是
赞姐

赞姐！时尚先锋赞姐。是的，你现在是赞姐，你要选择接下来干什么。

拉尔夫对他的朋友云妮洛普十分忠诚，这让你想起了你的老朋友，请翻至第132页。

拉尔夫对互联网一无所知，这让你想起了当年你在这里毫无头绪的日子。难以置信，但确实如此。那个时候你还不是巨星。因为互联网里没有东西能真正丢失，所以你可以回到原点，回到还没成为华丽巨星的你。

如果想回到那个时候，请翻至第150页。
如果你想待在这里专心寻找方向盘，请翻至第187页。

你立马给否定发了个信息，屏幕上立刻就出现了回复，你的心一沉，否定把你屏蔽了。

　　你做了什么让他生气的事以至于让他屏蔽了你？

　　你敲敲眼镜，点开他的履历。

　　"哈，他屏蔽的不光你一个人，他屏蔽的是所有人。"

　　"为什么我这么吃惊？"你自问道。

　　这就是否定一贯的风格。

尝试联系可能，请翻至第144页。

呼！呼！呼！一条条通知飞了进来，你咧嘴笑着，眯着眼睛审视结果，把错误信息拽进垃圾站。你一条条拒绝，也不着急。这样的查找中，错误答案总是大大多于正确回复。

回复开始慢了下来，你继续删除那些不被看好的信息，你的屏幕看着也没那么拥挤了，读起来也容易多了。

出现了！

"我就知道有人能找到。"你低声说。

在你点击方向盘图像之前，最好和那个大块头确认一下。在易贝下单之前，你要确保你找到的这个就是他想要的。

请翻至第 119 页。

你偷瞄了一眼屏幕，利特瓦克先生正从办公室走出来，脸上笑开了花。

　　"好消息，孩子们！"他宣布道，"我刚刚收到易贝网的电子邮件，《甜蜜冲刺》的方向盘已经发货了！"

　　孩子们欢呼起来。

　　你咧嘴一笑，"我们做到了！"

　　"我们确实做到了！"拉尔夫说道。

　　你大笑起来，你感觉实在太好了，你头晕目眩。

　　是啊，现在一切都解决了……

　　你想开启一段新的冒险吗？
　　那就回第 1 页，重新选择角色吧！

"好玩！"云妮洛普高声叫道，她从你的肩上跳下来，跑向新插头。

"停！"保安一步跨到插头前。

云妮洛普赶紧住手。

"互联网不好玩。"保安伸出胳膊，挡住新插头不让大家看见，"这个插头是新的，和其他的不同，我们要有敬畏之心，所以禁止入内，去工作吧，游戏厅马上就营业了。"

前往你的游戏，请翻至下一页。

"摆架子，"云妮洛普说着，你俩一起走开，她还在回头偷看那个 Wi-Fi 插口，"我们好不容易有了新插头，却不能靠近。"

"是啊。"你表示同意。

"新游戏一定很酷。"她叹着气说道。

你很吃惊她如此伤感："你的游戏出了什么问题吗？"

"没有，只是——"她转过身耸耸肩，"我已经解锁了所有奖励，熟悉每个捷径，我爱的是新车道。"

"新车道？"你问。

"是的，"云妮洛普说，"难道你不想尝试一些不一样的新体验吗？"

"不想。"你诚实地说。

云妮洛普摇摇头："好吧，允许有不同意见。"

"等等，"你说，"你不同意？你不觉得一切都很完美吗？"

"不，我只是不想争论。"云妮洛普说道。

"我们在争论吗？"你警觉地问道，"我不想争论。"

"放松，放松。"云妮洛普说道，努力想让你冷静下来。

你点点头，突然想到了什么，走开了。

请翻至第 7 页。

你不想让她失望，你知道你该说什么。

"对不起。"你对她说，"我真希望我能，可是你的游戏需要你，每个《甜蜜冲刺》都需要自己的云妮洛普。"

"我想你是对的。"她说。

"要一直赛下去！"你要回资讯站时对她说，"我们保持联系，我听说有种叫电子邮件的东西。"

你偷偷溜出游戏，小心避开老式街机游戏的保安。

你很快就找到了万事通的资讯站，拉尔夫就在那里等你。他告诉了你一个好消息：你的新方向盘已经发货前往利特瓦克先生的家庭娱乐中心！

"玩得开心吗？"他问你，你回头望着游戏中央站。

"开心。"你说，"但你知道吗，拉尔夫？哪里都不如自己的家。"

你想开启一段新的冒险吗？
那就回第 1 页，重新选择角色吧！

你慢慢地走下小山，从每个拱廊都可以瞅得见一个神秘的地方，等待你去探索。你计划把每种可能都尝试一遍！

你注意到有太多不同的选择，周围游荡着各种游戏角色，你决定把每个角落都看个遍：智力游戏、小路、文章。唯一的问题就是时间不够。

逛了几小时以后，你累了，浑身是汗，所以你趁休息的工夫扫描了一遍自己在资讯站拿到的活动清单。"我想我下一步要去看个录像。"你说。

请翻至第 105 页。

"你拿着什么？"你询问道，"为什么我们不能靠近你？"

"我是保安。"他怒气冲冲地说，"我和你们俩不一样。"云妮洛普很是沮丧。他皱皱眉头。"嗯……也许和她有点像。"

你帮云妮洛普站起身。"再来一次？"你问她。

她一脸坚定："现在不能放弃！"

你们又一次扑向保安，又一次遭电击。只是这一次，游戏中央站的一切瞬间关闭了。

你们坐在黑暗里，伸手不见五指。"怎么回事？"你问。

"我担心的事果然发生了。"保安特别生气地说，"有个电力保安，我的职责不是保护电源，现在电路超负荷，断电了！"他大幅度地做着手势，"这就是后果。"

你向四周看看，眼睛慢慢适应了黑暗，一丝灯光都没有，听不到传呼器的声音，也没有音乐播放。

"呃……"你听到云妮洛普试探地说，"对不起？"

"是的，对不起。"你对保安说，"那么，现在该怎么办？"

请翻至第 80 页。

你和拉尔夫一能听到彼此的声音，你就说："我们应该回到自己的计划里。"

"计划？哦，对哦！我们的计划：寻找方向盘。"

"你觉得它会在哪里？"你慢慢转身，"互联网可大着呢！"

"也许我们应该问问其他人。"拉尔夫建议道。

你扫视了一下周围，注意到了很让人吃惊的东西。"好像那里有两个人。"你观察后说，"那两个人长得好像我们俩，那个小方头……"你指着那个像是纸壳子剪出来的人说道。

一个身穿制服、戴着徽章的宽肩膀的男人朝着你和拉尔夫走过来。"你需不需要把什么东西交给那个人？"

"你说什么？"你问。

"你正在指着的那个虚拟形象。"他的拇指插在皮带里，脑袋斜向那个扁平方头的家伙。

"虚拟形象，他们代表访问互联网的人类。"

"啊！"你说，你的目光开始明亮起来，你转向拉尔夫，"就像游戏厅里的人一样，他们影响着这里发生的一切。"

"啊！"拉尔夫说。

"所以我们看到了利特瓦克先生。"你意识到，"因为真正的利特瓦克先生正在访问互联网。"

请翻至下一页。

"第一次来访?"保安问道,然后仔细端详了你们俩,"或者你们是什么恶意程序?你们接受隔离检疫了吗?有没有查杀病毒?"

这家伙在说什么?

"你是在暗示我们俩有什么问题吗?"拉尔夫问道,他看着像受到了侮辱,充满威胁地向前一步。

你一把抓住拉尔夫的胳膊。"我们需要调整适应。"你告诉保安。

"我们到这里来是为了给电子游戏找个替换零件。"拉尔夫一边说一边把大拇指指向你。

"哦,是来买东西的。"保安点点头,"你会发现这里有好多人来买东西,要小心,有买卖就有欺诈,例如发送垃圾邮件,或者弹出误导人的广告。"

"哦,我们知道怎么照顾自己。"你向保安保证。

"是呢,我们俩都不是傻瓜。"拉尔夫说道。

请翻至第60页。

"好吧，我们走。"你说。你把一大摞供给品扔到云妮洛普面前，她加入了你的游戏，你们俩正在一栋被你们破坏了的大楼楼顶上。

"我抢劫了吉恩的冰箱，好消息是他放了派在那里。哦，我还拿了一大捆枕头和垃圾。"你开始处置这些东西，"我在想在这里建个堡垒，或者毡房，或者把枕头摞起来建个圆顶小屋。你怎么想，小鬼？"

云妮洛普长叹一口气："我真不敢相信我再也不能玩游戏了，那我整天该干吗？"

你需要让她振奋起来，帮她看到未来会有多酷。

"你在开玩笑吧？"你问道，"这是最精彩的部分。你睡进去，不用工作，然后每晚和我出去瞎逛！"你满足地舒了口气，"我简直就是在描述天堂的样子！"

"但是我更爱玩游戏。"她抗议道。

"哦，得了。"你吃惊地看着她，"你刚刚还在发牢骚说游戏太简单！"

"这并不意味着我不喜欢了。"她坐下来，膝盖顶着胸。

请翻至下一页。

云妮洛普的声音开始变得伤感："正是那种感觉——不知道会发生什么的感觉——才是关键，对我来说那才是生活。"她转向你，眼睛圆瞪，眼里泛着泪花。"如果我不能再比赛了——那我是谁？"

"你是我最要好的朋友。"你说。

你感觉她踢了一脚你的肚子。"嘿！"你说。

她叹了口气："不，我只是……"

她开始发生故障，控制不住地开始瞬移，这让你很担心。

"你，你还好吗？"你问。

她晃了晃，停了下来。"好着呢。"她说，"我好着呢，没什么。"

她顿了一下，摇摇头："对不起，我知道我很怪异，我想我只是想一个人待一会儿。"

请翻至第 23 页。

你小心翼翼地跨出来，担心着即将出现的丛林里的各种危险生物和咬人的蚊虫。

嗯，这里不像丛林，没有树木，没有河流，也不像有蛇或者鳄鱼。

你放眼望去看到的全是架子、罐子、盒子和垃圾桶。

"这个地方好奇怪。"你低声说。

"不奇怪。"一个推着购物卡丁车的网民回答道，"这里是亚马逊。"

"我以为亚马逊是热带丛林，有河流、动物之类的。"

你环顾四周，看着摆满了物品的架子。"那是什么？"你问那个网民，"看着像个人，有点像人。"

"哪个？那是虚拟形象。"

"什么？"你研究着虚拟形象，她是个女的，头上卷着卷发棒，身穿家居服。

"真实世界里有人在购物。"网民解释道，"她正在翻看网页，全是关于椅子的。她的虚拟形象代表她在亚马逊里的样子，明白吗？"

请翻至下一页。

哦对。那个邮递员给你解释过。在你到达互联网之前你和云妮洛普见到的小利特瓦克先生一定就是利特瓦克先生的虚拟形象！"明白了。"你说。

你看着那个虚拟形象在研究一个巨大屏幕上滚动的各式各样的椅子。一把摇椅出现时，她按下了按钮。突然，一把一模一样的椅子出现在了那个网民的卡丁车上。

"有一笔买卖！"网民喊道，"我们快让她去付款台！"她沿着走廊推着卡丁车，你跟在后面，好奇地想知道接下来会发生什么。

那个网民追上一个传送带，虚拟形象站在另一边，掏出钱包。突然，她定住了，面无表情。

"她还好吧？"你问道。

你跳过传送带走向虚拟形象："你还好吗，女士？"你在她脸前挥挥手，"你……好？有人吗？"

"那个人打开了另一个网页，"网民叹了口气说，"总会有这样的事，我每天的生活就是不停地把货物从货架上搬下来再放回去。"

"那她为什么不买？"你问，"其他的椅子她也都看了，是她自己选中的……"

请翻至下一页。

网民耸耸肩："这在网上很常见，总有其他网页可以浏览，在上面会有当天的特卖或者打折。"

"等等，那是什么？"

你跨过门，气喘吁吁地站在一个巨大的博物馆前。

"快看那些图片！"你转了一个小圈，努力想把所有东西看个遍，但这些图片好像源源不断。

这是什么地方？一个角落里，图片在翻转，好像有个巨人在快速翻动它们一样。然后图片到一边，哗一下出现，又瞬间消失。看到这些，你确定它是个图片分享社交应用不是博物馆。"这是个游戏。"

哦。也许如果你赢了，你还能再获得一枚奖牌。你确实热爱奖牌，或者你可以为云妮洛普赢得一个奖品。

也许你给云妮洛普一个奖品，她就会原谅你在《甜蜜冲刺》做的错事。你的初衷是好的，只是事与愿违造成了麻烦。

没关系，你现在在互联网，你会找到方向盘，一切都会好起来的。

"嗯，那么这个游戏是怎么玩的？"你摩拳擦掌，"只有一个办法去弄清楚。"

玩图片分享社交应用，请翻至第 67 页。

你在 Oh My Disney 玩得太开心，忘记了看时间。你正在看动人心魄的电影预告片，其间来了一辆邮递车给你送了封邮件。你点击暂停并拿过字条。"我找到方向盘了！"你读道，"爱你的，拉尔夫。"

你咧嘴笑了，《甜蜜冲刺》有救了！

在这么酷的地方拖延时间完全抵得上清洗拉尔夫充满恶臭的柜子一个星期。

这里有好多事可做，回家之前你可以不用着急，下次来这儿你一定要带拉尔夫一起。

毕竟，一起分享的冒险才是最棒的。

你想开启一段新的冒险吗？
那就回第 1 页，重新选择角色吧！

你离目标越来越近。

"哦，不！"你号啕大哭。
一个虚拟形象走进了房间。
"拉尔夫，要是那个穿着夏威
夷衬衫的家伙抢先买走了方向
盘怎么办？"

"不会的，在我眼皮子底下不
会发生这种事。"他飞奔过人群，虚
拟形象们叫喊着让路，包括那个穿夏
威夷衬衫的人。

"那个方向盘是我们的！"拉尔夫吼道。

职员吓得缩到柜台后面。"没问题。"

拉尔夫瞥了一眼夏威夷衬衫，他正努力地想把凉鞋穿
回去。"你怎么了？有什么问题吗？"

你握紧拳头在那家伙眼前晃了晃，"嗯？"

他会应战吗？欲知下文，请翻至第233页。

你不想错过比赛的开始部分，所以你骑着自行车冲向起跑线。"不好意思，对不起。"你一边把自行车从工棚推到路上一边说。

"冠军来了。"云妮洛普大声地说。

你在专业自行车手赛道中心附近发现一个地方。

"装备真不错。"你对你旁边的人说。他穿着亮蓝色紧身 T 恤和裤子。

他上下打量你一番。"你也是。"他说，带着浓重的法国口音，"我喜欢你的吉祥物。"他朝云妮洛普点点头说道。

"我不是吉祥物，"她对他说，"我是你的大噩梦。"

他一脸迷惑，然后继续专心于他的赛道。

"好吧，"你告诉云妮洛普，"让我先找找平衡，然后你跳上车把，我们要让他们看看我们的厉害。"

"没问题！"

你从座位上站起来，两腿使劲开始加速蹬。

车子开始晃动。云妮洛普还没动呢，自行车就在你屁股底下散了架，你失去平衡，摔在了身旁选手的身上。

所有的选手就像多米诺骨牌一样，一个个全倒了。

你确实让他们看到了你的厉害，不过是大家没想到的那种厉害。

请翻至第 142 页，换个方向盘试试。

Choose your adventures! | 107

你赶忙回到自己的游戏，在大楼顶上扎营是个不错的主意，但这里不是你的地盘，这里住的是"好人之家"的居民。他们很友好，但云妮洛普几乎一个都不认识，她难过的时候在那儿可能会不舒服，就跟今天一样。

你的地盘是个垃圾堆，她去过无数遍，是她的另一个家，你觉得她一个人待够以后会去那儿。

她确实在那儿，坐在一堆砖头上。

你冲向她，沿路扔掉几块砖。"他们要是关闭《甜蜜冲刺》，我们就给你找个新游戏。"你一口气说，"一个你会喜欢的游戏。"

她抬头看了一眼你，满脸狐疑，皱着眉头说："可这关系到的不仅仅是我一个人，游戏里的其他人怎么办？"

你也想到那一点了。"我们也会为其他赛车手找到属于他们的游戏，但你得是第一个，因为你是我这块大奶酪的好朋友。"你的大拇指戳戳工作服皮带，挺起胸膛说。

"是啊，确实够油腻的。"她弱弱地笑了笑。

你看得出自己还没有完全说服她，但至少她已经在努力接受了。

请翻至第112页。

你落在一堆树莓糖上，赛车手们掉头往回开。

哟！已经通过了。

下一个挑战是什么？你努力地回忆你和阿修做的指示牌。

哦，对了！障碍赛，但是赛车手们不能驾车穿过，而要走出卡丁车自己跑过去。

你偷偷溜过障碍赛道，突然听到一阵急刹车和好多人大笑的声音，这是个好征兆，你赶紧沿着跑道跑过去。

你咯咯咯地笑出了声。最后一项挑战是，每位赛车手都需要停车，从驾驶座上站起来，唱首歌。

终点线就在前方，有的赛车手已经赢了，你听到三个赛车手在同时唱歌。现在成了四个！五个！每个人唱的歌都不一样，歌声震耳欲聋，大家欢天喜地。

然后有人越过了终点，紧接着是一片欢呼。酸比尔在喇叭里大声宣布："第一名是太妃！她与第二名只差零点零零零零一秒！"

从他的声音能听出他相当震惊，你也是。

担忧就更多了。

云妮洛普会不会因为失利而难过？她向来是赢家。

请翻至第226页。

你和阿修在游戏中央站到处贴传单，告知大家试演一事。好在因为游戏厅明天关门，所以你可以去找拉尔夫的替身，为下一次利特瓦克先生开门营业做准备。

"记住，这个位置不是永久的。"你跟那些想试一试的角色解释道，"这个位置只是拉尔夫不在的时候才存在。"

你和阿修坐在拉尔夫毁坏的大楼前的长桌子边。

"到场人数挺多。"你评价说。一些游戏厅里最坏的坏蛋，还有一些大个头超强壮的好小伙都来了。

"一定会很好玩！"阿修说道。

"我们马上开始。"你说。

请翻至第 217 页。

几分钟后，你和《甜蜜冲刺》里的所有赛车手一起焦急地透过游戏屏幕往游戏厅里望去，利特瓦克先生站在那里，握着方向盘，旁边的一个年轻女孩子眉头紧锁。

"利特瓦克先生，赛车手云妮洛普不动了，我想可能是我把方向盘转得太狠了。"那个女孩子说，"真的十分抱歉。"

"哦，没关系，斯瓦蒂。"利特瓦克先生一边研究控制台一边说，他向前一步，把方向盘归位。

就在那时，你们所有人都听到一声响亮的声音，什么东西崩断了。

利特瓦克先生往后退了一步。

大家屏住呼吸，你的心猛地一沉，感觉心沉到了膝盖。

"哦，没事。"你努力想安慰大家，也想安慰自己，"这也不是问题，显然只需要再订一个新的就行了。"

利特瓦克先生低头盯着这两个碎块："好吧，我会订个新的，可是制造《甜蜜冲刺》的公司几年前就倒闭了。"

那现在该怎么办？

请翻至第18页。

"让我看看……对你来说什么样的游戏算好玩的游戏？"你搓搓下巴想着。

"还有其他赛车游戏吗？"她试探地问，好像都不敢有期望。

你绞尽脑汁："你知道，不久前引进了一个新游戏，我猜是关于赛车的。"

你记不得游戏的名字，但是你记得插头在哪里，就在游戏中央站的另一边。

"我们要去看看吗？"你说，"现在出发最好不过了。"

但是当你和云妮洛普到达入口时，她鼻子一哼。

"你在开玩笑吧？"她盯着你，看着又有点嘲弄又有点恼火。"什么？"你指着游戏名说，"《宝贝竞赛》听起来就好玩。"

"听起来好蠢，"她抱怨道，"而且小孩子气。"

你眉毛一挑："不想告诉你实话，小鬼，但是你确实是个孩子。"

"我是极速魔鬼，是公主，还是总经理。"

"当然，但是……好吧，竞赛也不错，对吧？快来，至少试一下啊。"

请翻至下一页。

"简直不敢相信我能做这事。"

"你不试试怎么知道。"你争论说。

她叹了口气。"好吧，我试试。"听着不是特别兴奋，然后她眯起眼睛，手指在你面前晃了晃，"那你也得一起玩。"

你们一起进入游戏。你站起来的时候，头顶撞到了天花板。显然这个游戏不是给你这种体形的人设计的。

"那么，游戏目标是什么？"云妮洛普问道。

你慵懒地躲开天花板往四周看看，胖嘟嘟的小婴儿爬得到处都是。"看着他们像是在争着去抢中间的那个奶嘴。"

云妮洛普跨过分道线，拿起摇椅上的奶嘴。"你是说这个？"

"那不公平，云妮洛普。"你说，"你应该爬过去，待在线以内，而不是跨过去。"

"好吧。"她把奶嘴扔回摇椅，站在那里，等着。

"干吗？"

"手脚挨地，老兄，如果要我爬，那你也得爬。"

你叹一口气。

请翻至第 24 页。

游戏中央站的每个人都在尽力引开你和其他赛车手的注意力。"好人之家"的居民让你们砸毁大楼，好让你们摆脱心里的沮丧。卡洪主动说带大家去训练营，但没有人去，这个情况下做俯卧撑和仰卧起坐好像并没有吸引力。太妃和面包·夹心酥去了彼此的游戏参观，那里有动物。和可爱的小动物玩耍会让她们忘记不好的事。遗憾的是，没有什么事情能分散你的注意力，你越来越焦虑。

　　简直睡不着觉。你一晚上都在扔砖头，翻砖头。终于，太阳出来了。

　　拉尔夫还在睡，但是你等不了了，你要看看利特瓦克先生会不会恢复你的游戏。

　　你让拉尔夫继续睡，自己冲到《快手阿修》屏幕前，从那儿你能看到利特瓦克先生的家庭娱乐中心。

　　不错。利特瓦克先生正要开门营业。他是要开启《甜蜜冲刺》吗？利特瓦克先生沿着一排排游戏走过，你气都不敢喘一下。

　　你的心一沉，他从《甜蜜冲刺》走过去了，没有挪开故障标识。

　　没用。

请翻至下一页。

拉尔夫缓慢吃力地走到你身边坐下，打了一个大大的哈欠，"怎么了，小鬼？"

"我们什么都没有改变。"你悲伤地说，"《甜蜜冲刺》注定要在垃圾堆里了。"

这让你又多了一份担心，"那要是方向盘还没到，利特瓦克先生就把游戏清除了怎么办？"

"那他就太过分了。"拉尔夫承认道。

你把脸贴在屏幕上，你已经看不见利特瓦克先生了，但是看到几个孩子跑了过来。

"我猜上班时间到了。"拉尔夫说，他同情地看着你，"今天你想在垃圾场闲逛吗？还是去游戏中央站？其他赛车手可能在那里。"

你明白在你的游戏被开启之前你还是需要做些事，但你真正想做的是保持关注，等着看利特瓦克先生要干什么。

一个孩子跑到《快手阿修》跟前，你快速地躲开不让他看见，你正准备爬走，突然听到一个女孩子问："利特瓦克先生，还是不能玩《甜蜜冲刺》吗？"

你要等着听利特瓦克先生怎么回答。

欲知答案，请翻至第 92 页。

"三！"

音乐再一次响起，屏幕上的摇滚先生正在跳简单的并排步伐。

"左，右，左，右……"你一边努力想跟上步伐一边低声说。到目前为止，一切都好。

步子越来越复杂。他旋转，你旋转。

旋转，旋转，旋转，哦，不！你停不下来了！

"单脚尖旋转！太不可思议了！"你听到有人说。

"他在做打捞球的动作。"又有人叫道。

你伸出胳膊想保持平衡，但还是摇摇晃晃，云妮洛普也不帮你，她还在你肩头，但是胳膊捂住了你的脸，你什么都看不见了！

你双腿交叉努力想站直。

"你看他在干吗！"

"我们也要试试！"

你胳膊甩得像风车，只想努力站定，但没用！你失去平衡，倒在地上仰面朝天。云妮洛普从你肩膀上摔下来掉到了你膝盖上。

请翻至下一页。

你摇摇头，眼冒金星，往四周看看。"嗯？"

整个舞池所有选手都在甩胳膊！然后一起摔在地上。

屏幕显示摇滚先生站定在那里，盯着你看。

"新冠军诞生了！"播音员宣布。

一位身穿燕尾服的优雅男士冲到你和云妮洛普面前。

他一把抓住你的手，你以为他是要帮你，但是他却上蹿下跳。云妮洛普从你膝盖上跳下来。"祝贺你！"他大声称赞道，"你是新一届冠军！"

"我？"你慢慢站起来。

"你太棒了！大家都没有人注意摇滚先生了，他们只想跟你跳！"

"是吗？"你和云妮洛普异口同声，她和你一样震惊。

"我们想让你来领舞。"这位男士继续说道。

哇哦，你做梦都没想过你还能在一场全新的游戏里成为明星。跳起来吧，拉尔夫！

"那云妮洛普必须是我的永久搭档。"你说。

"哦，不！"云妮洛普后退一步说，"那我要危险工作津贴，跟你一起跳舞比在《甜蜜冲刺》里危险多了！"

哦，好了，该去选择其他游戏了。请翻至第162页。

Choose your adventures! | 117

然后开始出现信息。"一方面，"
你念道，"能联系上你真的太
棒了。另一方面，我们很久
没联系了，也许会很尴尬。"

　　你还没回复，她又发来
更多信息。"也许……"

　　"我们见面吧。"你打断她
的信息回复道，"时间地点？"

　　"我不知道，"她回复说，
"我们可以一小时后见，或者
明天见面更好？或者下周？"

　　现在你想起来为什么你们会
有那么多争吵了。但是谁能没有
朋友呢？是时候该克服差异了，你擅长决策，可能考虑周
全，一定有办法让你们俩发挥各自所长。

　　"那就明天，"你回复道，"我去接你。"

　　能和可能恢复联系让你感觉很棒，毕竟，好朋友之间
总是有很多共通点……

如果你还想做其他的选择，
那就回到第 89 页吧！

那个大懒蛋的呼噜震天响，你伸出手敲敲他肩膀。

"干什么？"他一下子坐起来，脑袋转过来问道。

你跳回一步。"冷静，兄弟，"你说，"我想我找到那个方向盘了。"

"方向盘？"他揉揉脸，打了个哈欠，"哦，好吧。"他又慢慢地看了看四周，"我现在在互联网，正在寻找《甜蜜冲刺》的方向盘。"接着，他倒了下去，"但云妮洛普还没有找到。"

"振作点，大块头，"你轻轻捶了一下他肩膀，"一切都在掌控之中。我不是说了吗，我们已经有线索了。"

"你是指你那 1000 万个从未谋面的朋友吗？"拉尔夫睡意蒙眬地说，"他们有人找到吗？"

"事实上，没有！别担心我在一个网站放了一块表，这样我可以进行追踪。"你看到拉尔夫的眼睛里已没有了睡意，但却满是迷茫。"现在我需要你做的是去确定一下我找到的方向盘是不是就是你想要的，我会叫朋友帮忙。"你打了个响指。

他脸上放光，"太好了！谢谢！"

请翻至第 258 页。

"哦不，你不能。"保安说道，赶紧挡住你的路。

"但是——"

保安双手一叉，盯着你向前走上一步，你看得出他是认真的，但你不能留下云妮洛普，她可能会有麻烦！

你看着阿修的眼睛，朝插头处斜斜脑袋。

阿修指着自己做了个嘴型："我?"

你使劲点头，然后又朝插头处摇摇头，他一脸茫然。

"你还好吗?"保安问道，"你出问题了吗?"

"我，嗯，我只是在想，要是有人能进入插头然后把云妮洛普带回来，那该多好啊！"你眼睛瞪得老圆，盯着阿修说道。

"哦，哦，哦……"阿修终于明白了，他从保安身后跳进了插头。

太不容易了！你在想，他从来就不能领会你的暗号！

请翻至第 **134** 页。

"我们最好回去，"云妮洛普说，"我不想让保安发现我们不在了。"

拉尔夫点点头，他们正准备出发，拉尔夫又转过身，他对你说："不能忘了我。"

"绝对不会。"你承诺道，"毕竟，我在你的名单里排在前十位！"

你看着两个朋友消失在插头处，叹了一口气。

拉尔夫不属于引领时尚的人，也不是技术通，甚至就没多少文化，但是你真的从他身上学到了好多，你学到了好朋友的意义——至少是前十名的好朋友。

"我知道，"你一边往搜索站走一边自言自语道，"我应该在现实生活中多和好朋友待一待，我现在就去找朋友。"

（也是新的开始！）

如果你还想做其他的选择，
那就回到第 89 页吧！

保安跑过来，"你去了Wi-Fi？"他厉声道，"你们刚才去了互联网？"

"呃……其实……"

"我说了那里很危险！"保安斥责道，"我关掉网络是有原因的！"

一群游戏角色围了过来，"那里是什么样的？你们真的去了互联网？"

你扫视了一下周围，大家在叽叽喳喳地问问题，你问："云妮洛普在哪儿？"

"没见到啊！""好人之家"的居民吉恩告诉你说。

你转了一圈，盯着你刚刚出来的插头说："哦，不！她还在里面！"

请翻至第120页。

你坐到地上，拉尔夫冷静多了，事实上他好像对周围这群叽叽喳喳的小鸟入了迷。

他跟着它们，你跟着他。很快，你和他就站在了一个漂亮的公园旁边。

"嘿，拉尔夫，为什么草是蓝色的？"你问道。

然后你意识到这不是草，公园里到处都是蓝色的小鸟，一片草叶子都看不见。

"这是什么地方？"你说，鸟儿们如此喧闹，你得大声喊才能听得见，"为什么所有的鸟儿在这儿如此开心？"

"这里有鸟食。"一个路人告诉你说，他瞅了一眼天空，几百万只鸟正在往这里飞过来，"一定有人推送了特别有趣的东西。现在这里简直太疯狂了，我觉得这里可以贴个'热点'的标签了。"

"什么？"拉尔夫说。

但是那个人已经走了。

你要走进公园，但是拉尔夫拉住了你。"你知道……也许这并不是个好主意。"

你皱皱眉："为什么？"

请翻至第 255 页。

很快你和云妮洛普就被带出了小岛，水手把你们放下，然后赶紧返回大帆船。

"你好！"一个网名漂在你上面，"你们从哪儿来？"

"我们被那条小船扔掉了。"云妮洛普喊道，声音听着有点骄傲。

"我们需要回到游戏中央站，"你解释道，"我们该怎么做？"

"很快就会有其他船过来。"那个男孩子说。

"这是哪里？"云妮洛普环顾小岛问道，这个岛屿好像有好多入口——不像是插头——可以通向更多的地方。

"这是玩游戏的地方，想加入我的团队吗？"

你和云妮洛普对视了一下，异口同声地说："想！"

你想开启一段新的冒险吗？
那就回第 1 页，重新选择角色吧！

你追在吊舱后面，然后它停在了一个像装载平台一样的地方，这让你有时间可以追得上——赶在它被装进管道之前。

你听到身后拉尔夫砰砰砰的脚步声。"我打赌这里是游戏中央站的网络版。"他赶上你时已是气喘吁吁，"真正的互联网就在那儿！"

你指着管道的那一瞬间，就被装进了吊舱——就像迷你利特瓦克先生一样。吊舱向前晃了一下。

"哦——吼！"你移动得太快，以至于外面的一切景象都模糊了。你听到拉尔夫在你身后咆哮。

"你还好吗？"你喊道。

"不，这个东西太紧了！我喘不上气！"

"坚持住，兄弟！"

他可能不太舒服，但至少你们俩在一起。

你已经等不及想知道你们会去哪里了。

请翻至第 158 页。

云妮洛普径直向你冲来，在离你几英寸的地方停了下来。她跳出来站到赛车引擎盖上，"干得好！伙计们！我必须要说，这是有史以来，最好玩的一次！"

所有赛车手都欢呼起来。"你——你喜欢？"你结结巴巴地说。"是的！我们超级喜欢！"云妮洛普回答道。

云妮洛普悄悄走到你旁边，"我有一种感觉，你是这场非凡骚乱的负责人之一"。"是啊，是你说想要有挑战性的游戏。"你告诉云妮洛普说。

她拍手以引起大家注意："今天，我们不是在互相竞赛，我们是一个团队在合作！"她宣布道，"每个人都有参与，我们所有人都是冠军！"她紧紧抓住你的手举起来，"包括你，拉尔夫，因为是你想出了这么棒的主意！"

"哪里哪里。"你说。云妮洛普对你咧嘴一笑："我已经等不及要看看你和你的队员明天要做些什么了！"

你的计划无比成功！现在你要做的就是去说服那些饱受惊吓的坏蛋，让他们再来一次！

你想开启一段新的冒险吗？
那就回第 1 页，重新选择角色吧！

你和拉尔夫又一次被装箱送进了一个大管道。一眨眼的工夫，你们就被送到了一个仓库。

一排排的小房间，弯弯曲曲的走廊，虚拟形象们厮打争抢位置。

"一次，两次，成交！"有人喊道，"给奥马哈73号爱猫者！"

"谁想竞标这个全真仿皮——"

"我出五十，我听到有人说五十五？"

"时间不等人，女士们先生们，赶紧出价——"

你捂住耳朵，这声音真的要把耳朵震聋了！

然后你感觉到拉尔夫拉着你的手往一边拽去。"怎么了？"你问道。

"我说，我找到了！"

"你找到了？"你跳到他肩膀上，这样就可以穿过喧闹的人群看过去，"在哪儿？"

他粗粗的手指径直指着前方。

"老式街机游戏。"你满怀崇敬地读道，"那么，我忠实的坐骑，我们还在等什么？"

拉尔夫和你飞奔出去，请翻至第5页。

"我能带你去那儿。"万事通说，"但是，能不能试赛，业主说了算。"

你毫不质疑你能说服对方至少让你参加一场比赛。

你指着游戏最早的版本说："就这个。"

一个吊舱把你吊起来带你出发了！

一小会儿之后，你停了下来。吊舱不见了，你发现自己在一个巨大的明亮的空间里。巨大的花窗户沿着墙壁排成一排，每一个里面都是一个游戏，每一面墙都有一个拱门通向更多的展示厅。有一个海报上写着"老式游戏，第一版"。拱门上贴着海报"弹球游戏机，第二版，全新改进版"。

"哇哦！"你眼睛圆瞪，"简直就是游戏博物馆。"

你沿着第一版游戏展列牌溜达。"这就是原来的样子？"你路过一个熟悉的游戏，"看！看那个!《快手阿修》从第一块主控台开始就没有变过。"

你停在了一块"终止"指示牌下面，你念道："《鼻涕炸弹》?"你摇摇头，"这个游戏是谁想的？"它不流行你一点也不吃惊。

请翻至下一页。

你找到了《甜蜜冲刺》之前的版本，你就在屏幕上！你朝自己挥挥手，另一个你并没有回应，然后你意识到你不是在看真的游戏，这只是目录里的一张图片而已。

"请不要碰这些商品。"有人说。

你转过身看到一个拿着写字夹板的女士走过来，眼镜挂在脖子上，顶着一头鬈发。

"购物订单。"她盯着写字板说。

"我没有。"你说。

她从夹板上撕下一张纸，眼睛都没抬，把纸递给你，"一式三份填写完以后再回来"。

你没接。"我没时间了。"你说。

她盯着你，然后低头看看夹板，然后又看了你好一会儿，"你看着面熟"。

你一下子来了精神："那就是我！"你指着原版《甜蜜冲刺》的屏幕说，你冲过去站在屏幕前，你指指自己，然后指指图片。

"你怎么不在游戏里面？"她问道。

"不——我——"然后你停住。

你感觉到你有办法进去了。

进入游戏，请翻至第 195 页。

你和云妮洛普跟着卡洪进入更衣室。"我们要做的第一件事是让你全副武装。"她走进更衣室，开始给你扔装备。

　　你左跳右跳，努力把飞过来的所有东西接住。你听到云妮洛普大叫一声。

　　卡洪转过身："怎么了？新装备呢？"

　　你环顾四周，手里拿着一个打机器虫的霰弹筒。你眼前一堆东西：制服、步话机、靴子，还有其他装备。"云妮洛普？"

　　"在这儿。"声音从这堆东西下面传出来。

　　"别再吊儿郎当了。"卡洪说，"只要出发的信号一来，我们立刻就要蓄势待发，听到了吗？立刻！"她对着被埋在那堆衣服里的云妮洛普怒吼道。

　　"听到了，听到了，听到了！"云妮洛普一边往外爬一边咕哝着。

　　你帮她穿好了制服，只是实在是太大了，她每走一步都被裤腿绊倒，但是云妮洛普还是愿意努力试试。

　　你跟她到装货码头，比起其他士兵，她个头太小，你开始担心起来，她能行吗？

　　警报响了，大家都开始行动，你也是。

　　开始行动请翻至第58页。

"这里太容易迷路了，"你对云妮洛普说，"我们待在一起吧！"

"好主意，我的勇士。"云妮洛普说道，她从你的肩膀跳下来，搜索引擎们又围了上来。

"后退！"你吼道，搜索引擎们吓退了一下，马上就又靠过来。

你举起拳头。"我们跟着这个小家伙，"你告诉他们说，"因为他是一直以来最礼貌的。"

"但是——"戴耳机的引擎准备说话，你盯住他，他闭上嘴，大家都溜走了。

"谢谢。"万事通说，"你们来对地方了。"他的手在键盘上空盘旋。

"我们在找方——"你开始说。

你还没说完，你面前的柜台上就出现了各种图像。

"哇哦，好多方向盘啊。"你挠挠头，"好多地方可以找。"

请翻至第 142 页。

你踮着脚尖轻轻离开正在打呼噜的拉尔夫，又扯出了巨长的朋友名单。

你特别清楚要找谁，你准备做一件吓人的事，叫他们来真实生活中见你，这会花很长时间，但你希望他们能同意。他们都是你的朋友，朋友只有在真实生活中才存在。

你扫视了一下名单，想找些老朋友。

现在有个问题，该先联系谁？否定还是可能？

联系否定，请翻至第90页。

联系可能，请翻至第144页。

"你的前十名如何?"你建议道,"名单总是有作用的。"

"当然,"拉尔夫表示同意,他数数手指,"有云妮洛普。当然,还有阿修,还有他老婆卡洪,我想我们算是朋友。哦对,还有酸比尔,还有僵尸。"

"听着好像你的社交圈非常有意思,我的朋友。"你对他说。

"我想如果我们把所有的'好人之家'的居民算作一个朋友,"他继续说,"那么你就也能被纳入前十名了。"

你很吃惊也很开心,事实上,你知道你已经脸红了。

"如果我们是朋友,那你真的需要见见云妮洛普。"拉尔夫说道。

"当然,第一件事,"你对着屏幕做了个手势,"就是这个难找的方向盘吗?"

"赞!"

"你在表示同意还是只是在叫我的名字?"

他一把扑过来给了你一个大大的熊抱。"赞,为赞姐点赞!"

"好吧,为了前十名,我在所不辞。"你说,他把你放了下来,你马上把自己收拾了一番,换了新裙子和新发型。

这家伙抱了你,把你身上的衣服都弄皱了。

请翻至第223页。

Choose your adventures! | 133

保安盯着你，满脸疑惑："那为什么你要摇头……哦，算了，大家继续，这里没什么好看的。"

　　人群消失了，你也溜走了，以免引起怀疑。保安刚一走远，你赶紧赶回 Wi-Fi 插头处。

　　你来回踱步，焦急地等着阿修带云妮洛普回来。阿修的老婆卡洪跺着脚走过来。"你派阿修去那个无人涉足的领地找云妮洛普？你是怎么想的！"

　　"对不起，卡洪。"你对她说，"但不是我派他去的，他自愿的。"

　　卡洪眯起眼睛："我不觉得。"她用拇指指着你的胸脯，一字一顿地强调说，"更像是被！自！愿！"

　　"我敢肯定他行。"你努力向她保证。但是自打你体验了互联网以后，你也不能确定他行不行。那地方真的太疯狂了。

　　她转过身面向插头，挺了挺肩膀。"我要进去。"

　　说完，她就消失在插头里了。

请翻至第 148 页。

"我只是想帮你，"他说，"我是搜索引擎。"

"和那些人一样？"拉尔夫虎视眈眈地说。

"是的，但是我更……我们没那么……不是特别……"他清清嗓子重新开始，"我是万事通，我万事皆通！"

"通什么？"你问。

他好像没明白。

"算了。"你说，"我听说有个地方人们可以买到——"

"蔬菜？名牌服装？打折家具？"他每提一个建议，就跳出一个图像，很快柜台上就摆满了各种各样的图片，大的，小的，黑白的，彩色的，深棕的。

你瞬移到柜台上俯视着他："你让我说完一句话行不行！"你说，并沮丧地拽了拽马尾辫。

"对不起。"他缩回去说，"这是自动填充功能，绝大多数人都喜欢。"

"我们像是'绝大多数人'吗？"拉尔夫逼近万事通问道。

万事通端详了一下你，然后看看拉尔夫，调整了一下领结。"呃……不像，你们不像绝大多数人，像与众不同的人。"

"我们再试试。"你说，你慢慢地，清楚地，再一次耐心地说，"我和我的朋友在找方向盘——"

万事通张开嘴巴，拉尔夫一把捂住他的嘴，以免他又蹦出一个字或者一幅图。

请翻至第52页。

Choose your adventures! | 135

"哦不，我……我没看到任何人，"你结巴道，"阿修通常不这样啊，他是好人，你记得吗？他遵守规则。"

　　保安好像相信了。然后卡洪从 Wi-Fi 插头里出来了。

　　"我根本找不到阿修！"她着急地说。

　　你拍拍脑门。

　　"你到那儿干吗去了？"保安一步跨到卡洪面前问道。

　　"退后，蓝脑袋。"她怒骂道，"如果我老公有个什么三长两短，那也是我进去把他带回来！"

　　"他进去找你去了！"你对她说。

　　她的脸色柔和下来，泪眼朦胧。

　　她正要重新进入插头，你一把抓住她的胳膊："我和你一起去。"

请翻至第 204 页。

你和卡洪踮着脚尖轻轻进到婴儿室，十几张婴儿床在屋子中列成几排，屋子里放着摇篮曲。"好可爱。"你低声说。

"就像天使一样。"卡洪应和道。

你沿着一排婴儿床走下去，转身的时候，工具腰带上的锤子撞到了一个床腿，里面的婴儿醒了，然后开始大哭起来。

哭声吵醒了所有婴儿。

所有婴儿都开始大哭。

搞得你也想哭……

齐心协力，继续前进，请翻至第234页。

"我知道有个人，我们可以跟他谈。"你告诉卡洪，"他无所不知，事实上，他的名字就叫万事通。"

你扫视周围，想找找万事通的搜索站。"在那儿！"你指着他的标识说道。

"我们有进展了，士兵。"卡洪说。

几分钟后你们到了，在那儿看到了阿修，至少你丢失的一个朋友找到了。

"但我不是想问这个。"阿修说。你走向柜台，几千个屏幕在他面前打开，一层一层的图片冒出来。万事通飞速敲着键盘，疯狂地自动填充。

"阿修！"卡洪喊道。

"亲爱的！"阿修迎过他老婆，"哦，看哪，你好，拉尔夫，很开心见到你。"

"呃，我俩一分钟前才见面的，阿修。"你告诉他。

你的心一沉，阿修和卡洪找到了彼此，但是云妮洛普还不见踪影。

难道她？

请翻至第 **176** 页。

插头插进了游戏厅的插座。

你凝视着上面的霓虹灯字母，努力想看看上面写的啥。

"Whiff...whiffie?"你念道，满脸疑惑，"Wi...wifey？嗯……是 wiffle 还是 weddings？"

好像哪个都不好玩。

但是你看看四周，大家好像都被吸引了——包括云妮洛普在内。

请翻至第 93 页。

你是
吉恩

没你在什么都干不成，吉恩。这些人在想什么？当然，云妮洛普的游戏目前关闭了，所以她在那个时髦新奇的新发明也就是互联网里闲逛是可以的。但你的《快手阿修》怎么办？没有拉尔夫，一切都不顺，但是这些人会这么以为吗？

"那么，我们该怎么处理拉尔夫失踪这件事？"大家像往常一样来到你的顶层阁楼里时你问。

"他没有失踪，"阿修说，"他只是在互联网里。"

你转了一下眼珠子。"从游戏中失踪。"你说。

"现在我们真的需要担心此事吗？"一个女士问道，"毕竟，游戏厅已经关门了。"

"我们得想个办法，万一游戏厅开门的时候云妮洛普和拉尔夫还没有回来的话，"你解释道，"他俩很容易陷入麻烦，那我们的游戏就歇菜了。"

"好人之家"的居民们担心地彼此望了望。

请翻至下一页。

"记住，"你继续道，"我们也是老式游戏，如果利特瓦克先生觉得我们解散了，他只会叫废品商来把我们从《甜蜜冲刺》拖走。"

一阵气喘吁吁的声音穿过人群，一个"好人之家"的居民晕倒了。

"你们没想过吗？"你说。

"我们不会让这样的事发生！"一个男的喊着。

"我们不能关闭。"一个女士号啕大哭。

他们叽叽喳喳地聊起来，个个都快要歇斯底里了。

你举起手让大家安静："你们是幸运的，我有个主意。"你敲敲额头，"我一直在盘算着……"

你看着一张张渴望的面孔，大家都在焦急地等着听你的计划。

"我想我们应该举行个试演，找个替身的坏蛋，"你说，"就像替补。"

大家安静下来，全都盯着你。

最终，阿修说话了："我觉得这个建议太好了，"他说，"我个人愿意帮你。"

执行计划，请翻至第110页。

"那么你觉得我们应该找哪儿？"你问。

"我不知道。"云妮洛普不确定地说，"这些图片里的东西没有一个像《甜蜜冲刺》里的方向盘。"

她是对的。但是至少你起了个头："也许这些都是最新款。《甜蜜冲刺》是个很老的游戏，不见怪。"

"一个都选不上。"云妮洛普说，"也许你是对的，那么为什么你不直接选个地方，然后我们出发呢？"她给你鞠了个躬。

"乐意之至。"你回鞠一躬，然后挺直腰身，端详起那些图片，"嗯……"

你想点击那个木质大方向盘图片吗？请翻至第 179 页。

或者想让自行车方向盘带你去你想去的地方？请翻至第 242 页。

一会儿以后，你被储存在了一个喧闹的满是小房间的大厅里。

那是谁在你面前挠屁股？

"拉尔夫！"你喊道。

他转过身，见到你，脸上绽开了花。然后他皱皱眉头，跑走了。

你拍拍额头，你忘了这是比赛，他正在努力想赢你。

你追在他身后，在人群中穿进穿出。他把你带到一个小房间，里面就是你想要的方向盘！

拉尔夫正要伸手去拿，你瞬移到了柜台上。在他的大手面前，你的手指显得好小。

你朝他咧嘴笑，他也咧嘴给你一笑。

"平手？"你问。

"好吧，我的小妹妹。"他说。

你满心喜悦，整个人都快跳起来了。

你们找到方向盘了，你们拯救了《甜蜜冲刺》。

最棒的是，你不用给拉尔夫洗衣服啦！

你想开启一段新的冒险吗？
那就回第 1 页，重新选择角色吧！

你焦急地等待着，一直在发信息，但是因为某种原因这条消息特别难发送。第一步的重新连接很难，但是你很开心最终还是发送成功了。

叮！一条消息跳了出来。

是可能回信了！

"很高兴你联系我，"你读道，"一方面，你太专横，这一点我不喜欢。另一方面，也许你根本就控制不住自己。"

是的，一听就是你了解的那个可能。

很高兴你没再抓狂，你写道："我在想，我们下线了也还是在一起怎么样？在现实生活中，你懂的。"

她开始沉默，你感觉到她正在权衡。

等待回复，请翻至第 118 页。

你认为你可以分散保安的注意力，这事你和云妮洛普已经干过很多回了。在避开保安和他的监视方面，你们俩已经很熟练了。

　　你假装一脸焦急地跑到他面前："嘿，保安，很高兴又见到你！我们要举报，那里有不法行为！"

　　保安皱皱眉头看着你和云妮洛普，她把表情调整为相当真诚认真的样子。"是啊，我们看到那里有不法分子引发了大混战。"你说道。

　　保安厉声说："不法分子引发混战？哦，不！不能是我上班的时间，谢谢告知！"他跑开了。

　　你和云妮洛普击掌祝贺，你们的计划成功！

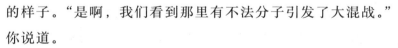

你们到了一个全新的世界，请翻至第 64 页。

你和拉尔夫突然被一群网民围住，他们每个人都拿着一个便携式键盘。

　　"在找什么吗？我可以帮你。"一个戴着耳机的小家伙说。

　　"我什么都知道。"另一个戴着大眼镜的网民说。

　　"我的答案最佳！"站在卡丁车旁的一个女士说。

　　"我！我！选我！"一个举着搜索牌的男人喊道。

　　"我们一定能行。"其中一个说，"我们是搜索引擎，我们帮人们找他们想找的东西。"

　　你无视其他搜索引擎，走到那个拿着搜索牌的男人面前。"这个怎么用？"你问他。

　　"只需要输入你要找的东西。"他拿出他的键盘。

　　够简单。"好的。"你伸手去拿键盘。

　　你还没有按下一个按键，一个干瘦的家伙不知从哪里冒了出来，他猛地推开举在你面前的牌子，你伸手去接，手刚一碰到他的标牌，音乐响起——你被送到了其他地方。

欲知在哪里，请翻至第 38 页。

"我是坏蛋，这挺好的。"你和一群坏蛋齐声唱着，"我绝不会变好，这也不错。我就只想做我自己。"

你正在参加一周一次的坏蛋大会，他们在讨论从来没赢过奖牌的感觉，以及如果让所有人都恨你的话会是什么感受。

"在你们离开之前，"大家准备离开的时候你说，"我要宣布一件事，一个请求，一个……想法。"

"到底是什么？"面具忍者问。

"……还是叫想法吧。"你回答说。

"继续，拉尔夫。"一个坏蛋给你鼓劲儿说。

"嗯，事情是这样的。"你说，不确定大家会是什么反应，"《甜蜜冲刺》里从来没有坏蛋，我觉得如果我们加入的话，会让游戏更刺激。"

他们面面相觑，你能看得出他们对此事并没有太大兴趣。

请翻至第 8 页。

过了一会儿，阿修从插座里爬出来了。"天啊，天啊，天啊，"他说，"这真是个刺激的地方。"他拿着一个化了的冰激凌说。

"云妮洛普在哪儿？"你问道。

"对不起，拉尔夫，我没看到她，我喊啊喊啊，"阿修舔了舔甜筒，"然后问了那个叫万事通的小家伙看能不能发布一个寻人启事。一个表格跳了出来，我开始写云妮洛普（Vanellope）的名字，但是刚写下第一个字母v，就出现了'香草（Vanilla）'这个词，万事通说这叫自动填充。"

他举起甜筒。"无论如何，我从五十种不同口味里选了这个。突然，我就举着一个香草味的冰激凌了。"他又舔了一口，"这个特别好吃，这里面有一些香草碎末，而且……"

"阿修！我不在乎什么冰激凌，我在乎的是找到云妮洛普！"

请翻至第190页。

你又兴奋又恐慌，因为僵尸用他刚刚安好的腿碾碎了一块砖，力大无比。砖碎成了末儿，但是僵尸也碎了，它的头掉下来落到了你脚边。

"再给我一次机会吧。"僵尸乞求道，"我只需要一分钟就可以恢复原样。"

你把写字板摔到桌子上盯着阿修，双手高举着说道，"太荒唐了！"

"现在，现在，"阿修说，"深呼吸，我们会有办法的。"

你坐回去，摇摇头。

你不确定要怎么做。

你要放弃试演吗？请翻至第 31 页。
你要再举行几场试演吗？请翻至第 240 页。

你点击了一张你自己的老照片，一下子回到了当时，那时你还不知道怎么用自拍，不知道使用滤镜，再坦诚些，不了解任何造型之类的事。

"加油，赞姐！"你自言自语地鼓励道，"我相信你一定能在互联网世界发现很多有趣的东西。"

你签了名，发现一个很有魅力的地方，"好的，这个地方看着有意思"。

你出发到你的第一个选择去试运气，这个地方叫 Oh My Disney，这里有太多东西可以看啦！你做测试做得好开心，你听音乐，你尝试时尚的装扮，你尝试菜谱。

更妙的是，你和其他网民有很多话题可谈，因为他们待在这里，所以和你有很多共通之处。你和他们交流所见所闻，并开始有自己的想法。别人尊重的想法！

互联网太赞了！你决定把所有你能研究的东西全部研究一遍，你学会了如何制作自己的视频、自己的动画，如何引发病毒。

多亏了互联网，你作为孤独外来者的生活将彻底……结束。

如果你还想做其他的选择，
那就回到第 89 页吧！

几分钟后，你拍的一个关于拉尔夫的视频席卷了整个互联网，他的虚拟形象大哭："我们这是在哪里？云妮洛普。"这个视频在几个主流网页上循环播放。

"现在我们只需要坐下来等待。"你告诉拉尔夫。

他指着屏幕："我真的是这个样子的吗？"

你还没回答，一个新视频就弹出来了。

"是云妮洛普！"拉尔夫哭起来。

她的嘴巴在动，但是你听不到她说什么。"我想她在使用视频聊天，等一下。"

你敲了几个按钮，云妮洛普的声音马上就清晰响亮地从扩音器里传出来了。"哟！拉尔夫！怎么回事？你怎么在视频里？"

拉尔夫转过来面对你，满脸崇拜："女士，你真是好样的。"

你谦虚地耸耸肩。"嘿，我就是用了互联网。"你转了一下控制台，这样你就可以对着它说话，"继续，她听见了。"

"我拿到方向盘了！"拉尔夫说，"而且还交了几个特别酷的新朋友！"

噢，你的脸又红了。

请翻至第**224**页。

《甜蜜冲刺》里的所有人都拥进了游戏中央站。

保安正在巡逻插座地带。"别跑！不要跑！"他喊道，"你不在自己的游戏里，在这儿干什么？游戏厅开门了！"

"《甜蜜冲刺》要被断电了！"你解释道。

《甜蜜冲刺》里的赛车手又哭又喊，吵吵嚷嚷。你感觉糟透了。没有方向盘，游戏可能就永远消失了。

你意识到你要对游戏里的人负责。

"待在这里，直到游戏厅关门。"保安说道，"然后我们再想办法处置你。"他看着你，"拉尔夫，回到你的游戏去！"

"但是——"你开始抗议。

云妮洛普拽着你的手指："快去。"她对你说，"我们都会没问题的。"

你艰难地走回自己的游戏等游戏厅刚一关门，你就冲回到游戏中央站。你到的时候，他们已经想出了一个临时的办法。赛车手们正在占据《快手阿修》里的临时住所，有些赛车手对此有些沮丧，但是你特别兴奋，因为你为自己和云妮洛普想出了一个方案。

请翻至第100页。

你拍拍额头，怎么以前就没想到？"你应该试一下我的游戏！"

你把她带到《快手阿修》里面。

"你们可能已经听说了，"你对聚集在大楼外的"好人之家"的居民们说道，"《甜蜜冲刺》出了点问题。"

人群里出现了充满同情的咕哝声，你知道他们会同意你的方案的。"所以我决定把云妮洛普带到这里来。"

他们默默地盯着你，最后，阿修举起手。

"什么事，阿修？"你说。

"我肯定你知道我们听到这个消息都非常不安。"他说，每个人都点点头，"我，个人而言，很喜欢你对你朋友的忠诚。"大家也都暖心地点点头。"但是我在想……云妮洛普能干什么呢？"

此刻大家都充满期待地看着你。

"嗯，现在，"你说，"其实我还没想过……"

"做拉尔夫的助手！"云妮洛普大声说。

"你？"你说，"对！就做助手！"

大家你看看我我看看你。"要是你认为她能行，那么又何尝不可呢？"阿修说。

"我们先试试看！"云妮洛普说。

请翻至下一页。

“你知道游戏规则，对吗？”你问道。

“当然。”她说，“你破坏大楼，阿修用他的锤头修理。”

她听着好像并不感兴趣。“哎，比那个要再复杂一些。”你说。

“需要一些策略。”阿修跟着说。你看得出阿修对云妮洛普鄙夷的态度有些生气。“我得留意落下的砖块，四处乱飞的鹅，我还需要收集派……”

“呃，我懂。”云妮洛普拽着你的袖子把你拉到大楼后面的一个僻静的地方。

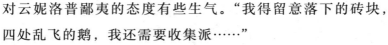

看看她脑袋瓜里在想什么，请翻至第 30 页。

就是这儿了！冲刺阶段！团队已经跑完了各自的圈数，正在一起向终点冲去。薄荷团队的五名选手都越过终点线时，你放下旗子。"我们有了冠军团队！"你在大喇叭上宣布。薄荷团队的赛车手们跳出卡丁车，大叫着，欢呼着，你也跑到车道上加入他们。

"太好玩了！"薄荷兴奋地大声说。"整个团队赢得比赛比独自夺冠更加让人兴奋。"甜鸡尾酒说。"下次让云妮洛普一起来玩。"太妃继续说，"团队一起比赛意味着不会一直让她一个人赢！我们其他人也有机会。"

你骄傲地笑着，这是个好主意，对团队士气好，对游戏好。你还没见过赛车手们这么兴奋过。好吧，至少是很久没见过了。他们精神倍增让你也觉得意气风发。

"我们再比一场！"你说，"这次，薄荷，你当裁判。"

她从你那里接过旗子，"所有人，"她宣布，"重新组队。"

你有种感觉，从今天起会有很多接力赛。你已经开始在想怎么能让比赛更具挑战了。你还想让拉尔夫也一起。

哦，有无限可能！你不用再担心没意思了。

你想开启一段新的冒险吗？
那就回第 1 页，重新选择角色吧！

你轻轻地拿起蛋，它看着特别脆弱。回家的路上，你见人就问有没有丢过蛋，或者知不知道这个蛋是哪个游戏里的。你一遍遍得到同样的回答："不是我的蛋"或是"不知道"。你只能等到蛋孵出来，才能知道它是哪里来的。

回到家，你轻轻地把蛋放在厨房的桌子上，你老婆卡洪走到你身边。"嗯?"她把脑袋斜着靠近蛋，等着你的解释。

"我在游戏中央站发现它孤零零一个在那儿，"你说，"我不能就这么把它留在那儿。"

她暖心地笑笑："当然不能，软心肠。"

你和卡洪小心地低下身子，盯着这个蛋看。

"你觉得会孵出什么?"

"不知道。"卡洪咕哝道。

请翻至下一页。

你和卡洪小心翼翼地绕着蛋转来转去，仔细地端详。第二天，吉恩顺路来拜访你们，他告知你云妮洛普和拉尔夫已经回来了，他们发现了新方向盘，《甜蜜冲刺》有救了。

"太好了！"你说，目光还在蛋上没离开。

"明天是工作日，"吉恩离开以后卡洪提醒你道，"这个蛋怎么办？"

"天啊，我不知道，"你说，"我们俩的游戏对这个小东西来说都太危险了，它很容易就会碎。"

突然，蛋晃了起来，你和卡洪两个人感觉喘不过气了。

你听到微小的敲击声从蛋壳里面传出来。蛋壳上出现了一个小裂缝，你紧紧抓住卡洪的手，等不及要看到底会出现什么！

你听到啄蛋壳的声音，然后很快就看到了嘴巴和鼻子。

"看着不像鸟。"卡洪说。

蛋壳完全裂开了，你双眼圆瞪。

"是剑龙！"你喊道。

请翻至第 37 页。

吊舱把你放到一个观景台上，你上前一步停了下来，你喘不过气，难以相信眼前的一切。

"这个地方太棒了！"你喊道。

你的面前是一个你从没有见过的世界：高楼连着交通系统，赛车手可以一秒钟到达终点，各种颜色的标识牌吸引着你的注意力——有些好看到你都想尖叫！有音乐在播放，灯光忽亮忽灭，你眼睛所及之处都有事在发生，而且很快！

你张开双臂。"我哪里都想去！"你宣布道。

拉尔夫重重地落到你身边，慢慢地起来，从观景台边退后。"哇！"他捂住眼睛，"好晕。"

"是不是不可思议？"你把他从观景台边拽回来，把他的手指从脸上拨开，"抓住栏杆别松手，你会没事的。"

他握住栏杆。

"只是不要往下看。"你警告他。

他往下看了一眼。

跌跌撞撞地又往后退了退。

"我说了不要往下看。"你白了他一眼。

你跳到阳台栏杆上想更好地看看景色。

"别那么干！"拉尔夫慌忙退回观景台。

请翻至下一页。

"呀，别担心，伙计。"他把你从栏杆上举下来时你对他说，"要是我掉下去的话，我可能已经出故障了。"

他擦擦额头："我现在明白为什么保安要警告我们了。"

你抬头看看他，特别吃惊："真的？我觉得这里很美。"你发现了一个通往主层的电梯，"我们快去看看！"

"我们？"拉尔夫问道。他叹了口气："当然是我们。"

"难怪那些孩子觉得他们能在这儿找到《甜蜜冲刺》的方向盘。"坐上电梯时你对拉尔夫说，"这里无所不有！"

请翻至第 123 页。

你得赶上云妮洛普，告诉她你的想法。你跳上电车，出了自己的游戏，进入游戏中央站。

但你不知道云妮洛普去哪儿了。

你跨上一个椅子，想更清楚地看看这个喧闹的巨大空间。

"要是我的游戏坏了，那我该何去何从？"你咕哝道。

这个问题并不烧脑。如果《快手阿修》坏了，你就和你最好的朋友云妮洛普一起在《甜蜜冲刺》里闲逛。

但是她就这样离开了你的游戏，事实上，在她最沮丧的时候她没有找你寻求安慰，你就已经出局了。

但是……她说过她需要一些时间独处，也许现在也已经独处够了，已经回到《快手阿修》了。

或者她从未曾离开，也许她只是不想待在楼顶。

回到你的游戏，请翻至第 **108** 页。

你和云妮洛普跌跌撞撞出了游戏，你从胳膊上取掉纸尿裤的时候，尽量不呼吸，然后把它扔回游戏里去。

"呸！呸！呸！"云妮洛普恶心地扭来扭去。

你指着她的脸："嗯，你鼻子上有些豆泥。"

她擦擦脸。"你的装备上挂了个拨浪鼓。"

你和云妮洛普在游戏中央站最大的喷泉里彻彻底底地洗了洗。

"我知道《宝贝竞赛》不是你的菜——"你开始了。

云妮洛普哼了一声。

"但我想我们不该放弃寻找下一个游戏，只是为了以防万一。"

云妮洛普皱皱眉，考虑着。

她用你的工装擦干了脸："你知道，你的想法是对的。"

"是吗？"你脸上发光，"我是说，当然是对的。"

请翻至下一页。

"你的选择糟透了。"云妮洛普继续道，"前无古人后无来者，绝对排在糟心事——"

你举起手打断她："我听明白了，《宝贝竞赛》不好玩。"

"但是如果我们放弃《甜蜜冲刺》，那我们一定还有其他游戏可以玩。"

你扑通一下跳到喷泉上："那游戏中央站里还有哪些赛车游戏？"你坐在她身边，"眼界开阔一些！其他游戏也很好玩的，不能只想着赛车。"

"我不知道……"

"行了！"你站起来，一把抓住她的手把她拉起来，"我们这里有三个特别受欢迎的游戏，你想试哪一个？"

她皱皱眉头耸耸肩："我不知道，你选吧。"

你听到云妮洛普说这话，立即开选！

你要试试《外星人攻击》吗？请翻至第 33 页。

要试试阿修老婆卡洪的游戏《英雄使命》吗？请翻至第 26 页。

《纵情摇摆》？请翻至第 87 页。

还是你要把她带到你的游戏《快手阿修》？请翻至第 153 页。

你穿过一排人物图片。是不是那张？这些图片需要整理吗？很多图片下面都写着"永远的朋友"或者"BFF"。

你伸手从墙上摘下一幅图。

"你！住手！"

你定住了，手还在伸向朋友拥抱的那幅画。"是说我吗？"

"别把图片弄乱，不然用户们就再也找不到了！"

又来了一个警卫。"我们有麻烦了。"他对其他人说，"第四、第五排已经全部被重新排列了。"

"我们所有的目录都混在了一起，"另一个人说，"从头到尾全乱了。"

啊哦，听着好像是在说你收集的那些粉色的图片。

在他们发现你就是幕后黑手之前，尽可能无辜地走开吧，请翻至第 68 页。

"你的行为好怪异，云妮洛普公主，"她说，"我们得去起跑线，你懂的，不是起跑。"

你和红头发太妃溜达到起跑线，你注意到她不着急，你在想要是他们不怎么驾车的话，很可能也没有真正的赛车。

"嘿，橡皮糖障碍赛道怎么了？"你问。

"什么？"太妃停下来，把手放在你的额头上，"你还好吗？你发烧了还是怎么了？"

你一把拍开她的手："我好着呢。"

"薄荷和面包·夹心酥已经在那里了。"太妃说，"等等，另外那个……是谁？"

这就好玩了，你想。

请翻至第 43 页。

"等等我，小鬼。"你喊道。你的大脚刚一挨到平台，一个吊舱也过来了。

呼的一声，你的吊舱把你扔掷过几英里长的线缆，你吓得大吼。你可以听到你前面的云妮洛普在高兴地欢呼。

"太棒了，不是吗?!"她喊道。

"不！一点都不！"你吼道。你被挤在吊舱里，鼻子被挤得紧贴在前窗，膝盖顶着肚皮。

谢天谢地，吊舱停了下来，门一下子打开，你面朝云妮洛普摔了出来。

你站起来试着放松酸痛的肌肉。

"我的天呀！"云妮洛普咕哝道。

你搓一搓发疼的脖子，抬起头。"天哪，小鬼！"你说，"我想我们已经不在利特瓦克先生的地盘了。"

你站在观景台，目光所及之处尽是神奇的岛屿般的城市，由闪闪发光的超级高速公路连接在一起。每一座城市都像一个独特的世界，你能听到音乐但不知道它是从哪里传来的，到处都是标识牌，还有一闪一闪的灯光，到处都热闹非凡。

"好了，那里有好多好多的方向盘。"你说。

请翻至下一页。

"是啊，但是我们怎么才能找到我们需要的那一个？"

"别担心，小妹妹，我们能找得到。"

"快看这里的所有人！"云妮洛普指着街道说，"他们一定住在这里。"

你看着大家忙碌于自己的生活，有些人骑着时髦的自行车，有些人散步，有些人在自动人行道上跳上跳下。

"网民！"云妮洛普说。

"网民。"你重复道，"我喜欢。"

"那么，"她眼睛一眨一眨地说道，"我们要去把自己介绍给他们吗？"

"我想是的！"你说。

云妮洛普旋转着冲到前面。"在这儿！"她喊道，你看着她在电梯上消失。

你赶上去，跑得很快，想让云妮洛普保持在你的视线里，结果你撞到了一个人。"对不起，对不起！"你说。

你看着眼前的家伙被撞散了架。这是二进制编码，你意识到。这些数字渐渐飘走，然后像气泡一样消失。

"别担心。"一个人告诉你，他好像正在整理邮件，"那只是个虚拟形象，其实你没有伤害任何人。"

请翻至下一页。

"虚拟形象？"你问。

"看，就在那儿……"他拿着信封指着你和云妮洛普进来的地方说，"那里有人类上线，他们每个人在这里都有个代表，也就是虚拟形象。"

"所以我并没有伤害到人类？"你问。

"没有，"那个家伙说，"那个人会重新登录。"

"谢谢。"你扫视了一下周围后向他致谢。

哦不，你看不到云妮洛普。"嘿，你有见到一个这么高的女孩子吗？"你伸出手比画着，"扎着马尾？"

"那边。"他拿着信封指着右边。

你赶紧跑过去，发现云妮洛普正走向资讯站。

你赶上了云妮洛普，她一步跨上柜台。"下午好，万事通。"她念着眼前的小个子的标签说。

"欢迎。"万事通回答道，他推了推眼镜，斜视着你和云妮洛普，"万事通今天能够为你们二位做些什么？"

"我和我的伙伴闯进这里是想找个东西。"你说。

你的嘴里刚刚吐出"找"这个字，马上就被围得水泄不通。

请翻至第55页。

你是 云妮洛普

你在你的游戏《甜蜜冲刺》里的生活特别美好。

在棒棒糖森林里驾车，风吹着你的马尾，踩着油门加速冲上甜甜圈山顶，再从结霜的一面飞驰而下。

自从你和那个傻瓜拉尔夫在《快手阿修》里成了好朋友以来，一切都更加美好了。尽管你的编码和以前不一样了，但你已经坦然接受。现在《甜蜜冲刺》里的每个人都完全站在你这一边，他们把你看作一个美丽的独特的小意外。

只是有一个问题：你有点无聊。

赛车是你的命，你就是为赛车而生，但是《甜蜜冲刺》给不了你任何挑战。

但你能怎么办？车道还是那个车道。

是吗？

你摇摇头。"当然是的。"你自言自语道，多么愚蠢的问题。

但是，这让你开始思考，那要是我做些改变呢？

如果你想改变游戏，请翻至第 200 页。

如果你想让一切照旧，请翻至第 247 页。

"哇！"你叫道，卡丁车绕着你嗡嗡作响，你的头发飞了起来，衣服在汽车掀起的风里摆动。

"冲出跑道！"你听到云妮洛普喊道。

那排卡丁车一下子散开，离开了车道。

你不敢相信！他们正在追坏蛋。

云妮洛普盯住僵尸。他已经砍完了树，现在正在巧克力池塘边闲逛。

显然，他以为光是他的外表就足以吓住赛车手们了。

他根本不了解云妮洛普。

云妮洛普加足马力，他抬头看了云妮洛普一眼，吓了一跳。她径直向他开去。他赶紧往后爬，眼睛在她身上一刻不离，努力想保持距离。

她径直开进了池塘，然后一个急转弯，他绊倒了。车轮发出刺耳的声音，巧克力四处飞溅。她驾车走了，留下僵尸一身湿漉漉的巧克力。

你周围的坏蛋们大喊着寻求帮助。《甜蜜冲刺》里的赛车手们把他们逼得爬上了树，坏蛋们弯腰躲闪，个个都被吓到了。

请翻至第 78 页。

你看得出万事通还在观望。"求你了，万事通。"你乞求道，"帮助有需要的女士，难道这不是你的使命吗？"

说到点子上了。

"那我看看。"他端详着每个图片，然后在键盘上敲了几个字。

你弯弯手指，等不及想抱住所有的方向盘！

"嗯，每种都在不同网站上有卖，"他说，"所以你得到每个网站上都去看看。"

"呃，每个网站都去的话，我们的时间不够。"拉尔夫提醒道，"时间不等人。"

你知道他没错，你失望透了。

"这样行吗？"拉尔夫献策说，"万事通帮我抢方向盘，同时你去比赛。"

"真的？"你笑了。他一定感觉到你有多么渴望尝试《甜蜜冲刺》早先的版本。"那我只玩一个游戏，我能保证不出任何差错按时回到你的游戏。"

你和拉尔夫相视一笑。

请翻至第 128 页。

现在你注意到这堆数目惊人的图片里站着几个警卫，你想问问他们该怎么玩，但感觉又像是在作弊。

你打了个响指。"颜色！"

你飞快地穿过一排排图片，抓起所有粉色画，向墙那边扔去，然后退后一步，你面前是粉色的花、粉色的落日、粉色的手包、粉色的旭日。你往四周看看，什么也没发生：没有铃铛响，没有五彩纸屑，当然也没有奖牌。"可能不对。"

你注意到几个警卫说着话向你走来，其中一个指着你。

"好，好，好，"你喊道，"我马上过去，就让我再试一次。"

再试一次，请翻至第 163 页。

"我们来啦！"你兴奋地喊道。你在想你会有什么发现。

拉尔夫看着有点紧张。"别担心，笨蛋大王，"你告诉他说，"会很好玩的！"

你和拉尔夫踏上自动人行道，一路穿过了插头，到达目的地时你皱了皱眉头。

"这就是保安如此害怕的地方？"你环顾着这个又黑又深的空间。

"怎么会？"

"也许他对大黑洞有恐惧？"拉尔夫说。

"这里什么都没有。"你满脸疑惑地说，"为什么孩子们会说方向盘是在这里？"

你绝望地一屁股坐下。你本来特别确定自己能拯救自己的游戏。

请翻至第 237 页。

"好了，"你告诉集合好了的坏蛋们，"我数到三，我们就一起冲进去，这是第一个惊吓。"

大家全都点点头。"听着不错。"生化人说。

"然后你们就要一直在游戏里。"你指示道，"他们看见了你们，就知道你们在这儿，他们就会格外小心。"

大家又点点头表示赞同。

"赛车手们驾车开过的时候就跳出来。"你继续道，"鬼哭狼嚎或者拿到什么砸什么，还可以一直沿着车道追，你们都是专家。"

你给坏蛋们发了墨镜，他们还不适应强光和色彩。你伸出手指放嘴巴上让大家安静，然后伸手示意大家跟你进入游戏。你们蹑手蹑脚地钻进去，躲在一个棉花糖灌木丛里。

你对云妮洛普游戏的了解程度不亚于你自己的游戏。酸比尔发出信号示意比赛开始。只是这一次，他使劲摇摆旗子，以确保你和坏蛋们清楚你的计划该付诸行动了。

酸比尔夸张地"唰唰唰"甩完了旗，就高举过他圆圆的绿色的脑袋。

"出发！"你喊道。

你和坏蛋们冲向车道，怒吼着，大叫着，一片喧闹。

赛车手们在尖叫——包括云妮洛普，你敢自豪地这么说。

请翻至第 46 页。

Choose your adventures! | 173

你渴望尝试修改过的车道，你在想到底会有什么区别，也许会有什么元素能让你融入你的《甜蜜冲刺》里。

　　"我们能不能去玩游戏？"你问万事通。

　　"当然，只要你买下来，你想怎样都行，变成灯具都没问题。"

　　"灯具？"拉尔夫问。

　　他耸耸肩："有些人会把好多东西变成灯具，或者播种机。手工艺品交易网站上有好多卖播种机的。"

　　"好——吧！"这家伙知道的可能很多，但有些让你费解。

　　"但我们不是想买游戏，"拉尔夫提醒你，"我们想买的是方向盘。"

　　该死，你真的想看看这些版本和你的游戏的区别，然后你有了个主意："试驾可以吗？"你问，"毕竟，如果不试车，你是不会买车的。"

　　"我不知道……"万事通说。

　　"我以为你什么都知道。"你说。

　　"嗯……"

　　"哎，万事通，"你哄着他，"我知道你有办法的。你可是无所不知的啊！"你向拉尔夫挑挑眉，"对吧？"

请翻至第170页。

174 | *Choose your adventures!*

"好啊好啊！"薄荷叫喊道。

你咧着嘴对她笑，你一点也不惊讶她第一个支持你的想法。不管什么比赛，她从来没有进入过前三名。

太妃耸耸肩："我愿意。"听着有点勉强。所有赛车手中，只有她差一点击败你。

最后，所有人都同意玩接力赛。

"我们可以这样，"你宣布，"我们组成不同团队，每个团队自己决定赛车手顺序，每位赛车手完成一圈，一旦回到起点，下一个赛车手就继续，团队所有成员驾驶结束一圈之后，所有人冲向终点。哪个团队的所有成员最先冲过终点，哪个队赢！"

人群里发出一阵欢呼，你满意地观察到，他们都特别兴奋。突然，几个赛车手冲到你面前，"我们想让你加入我们的团队。"一个人喊。"不！云妮洛普应该在我们队。"又有人坚持说。

啊哦，你没想过这个环节会这么激烈。你是最佳赛车手，他们都想让你加入他们的团队。

当然，承认这一点感觉不错，但你需要想出解决的办法，不然你还没试，想法就破产了。

请翻至第13页。

"打嗝先生！"

你旋转一圈，欢呼道："云妮洛普！"

她冲向你，从她脸上欢喜的表情来看，会有好消息。

"我找到方向盘了！"她喊道，"我们说话的工夫，货已经发往利特瓦克先生的家庭娱乐中心了。"

"现在我们需要——"

"椅子？"万事通试着说，"学校？"

"别再自动填充了！"你、阿修、卡洪还有云妮洛普齐声喊道。

"击掌祝贺？"万事通弱弱地问。

你差点就把他的键盘砸了，但还是把自己劝住了。

"事实上，我就是想说这个，我们需要击掌庆贺！"

万事通舒了口气，你们所有人都开始拍手。

"大家拉起手，"你指挥道，"这次我们谁都不能落下。"

你咧嘴一笑，你太开心了，现在一切都解决了……

你想开启一段新的冒险吗？
那就回第 1 页，重新选择角色吧！

　　你转了一圈面朝卡洪。"看这里，"你说，"我想到一个办法，试试看。"

　　卡洪靠在她面前的婴儿床上，抱起乱踢乱叫的小婴儿，小婴儿马上安静下来了。

　　"就像有超强能量一样。"她敬畏地说，"其他婴儿怎么办？我们没有这么多胳膊抱起所有婴儿啊！"

　　"确实难办。"你一边拍着婴儿往床边走一边说，看着这些婴儿哭皱的脸蛋儿你的心都碎了。

　　一阵尖叫刺得你耳朵疼！

请翻至下一页。

过了一会儿，你和卡洪坐在地板上，四周全是婴儿。

开心的，咯咯笑的婴儿。

"你是天才。"卡洪说，"能想到把这些小家伙放在一起，让大家一起玩。"

"把他们放在一起确实很棒。"你说，"但是换尿布和喂奶是你的主意。"

"好吧。我有从军经验，知道饥饿会让人情绪化。"卡洪把一个婴儿放在大腿上说。

"看起来一切都还不错。"

你抬头看到保姆小姐站在门口咧嘴笑，她边脱大衣边说："你们俩想不想在这儿工作？擅长带孩子的心善的人，我们特别欢迎。"

"很高兴我们能帮得上忙，"你说，"但我们还得回自己的游戏。"

你很高兴帮到了保姆小姐，但是你更高兴能回到自己的游戏。现在你只期盼着能小睡一会儿，你也该睡一会儿了。

完

你想要其他人打理游戏厅吗？
那就回第 6 页，重新选择角色吧！

你点了一下图片，马上出现了一个吊舱，一下子把你和云妮洛普带到了一个新地方，原来这是个在线游戏——故事发生在一个大型木船上。

"欢迎来到温斯洛普皇家海军舰艇。"一名身穿老式水手服的网民跟你们打招呼道。他站在一幅有房子那么大的图片前。你注意到一个大型立式指南针，几个圆筒，还有一些海军用品藏在周围。

"您好！"你扫视了一下这个地方说道。

"敬礼。"云妮洛普说。

你古怪地看看她。

她耸耸肩："我觉得这样礼貌，也比较老式。"

"我可以带你们去哪里？"水手拿着一张单子大步跨到船板上，"你们是从后门进来的，要不还是从那里开始？"

"这是哪里？"你问。

"温斯洛普皇家海军舰艇，19世纪的帆船。"水手说，"军舰中的军舰，服役时间是——"

"不是说这艘船，"你打断道，"是这里，"你指着地板，"再具体点，是这儿。"

请翻至第205页。

一只大手砸破白色的墙穿了过来，不论在哪儿你都认得出这个锤子一样的拳头。"拉尔夫！"你喊道，"带我出去！"

　　他的手指紧紧抓着你的衣领，一把把你拉了出来。

　　你往四周看看，你已经回到了原来的地方，一个搜索引擎抓着他的键盘。"发生了什么？我去哪儿了？"你问。"你掉进了弹窗广告。"他皱着眉告诉你，"这些弹窗总想把用户引进广告里。我要对阻断器提起诉讼，本来是该他管这事。"

　　"阻断器？"你重复道。"他一直很懒散。"搜索引擎继续说，"我想可能因为是旧码，需要更新。"

　　"那些广告词太让人讨厌了。"你说，"谢谢你救了我，我再也不会去听那首歌了。"

　　"那么关于要找……"搜索引擎又把键盘拿了出来。

　　你又被包围住了。

　　"我们没有广告！"戴着眼镜的搜索器喊道，"选择我你是安全的。"

　　"我们速度快而且目标明确！"另一个人喊道。

　　"我们是最好的，最好的，最好的！"

　　他们越逼越近，你的神经都快崩溃了。现在怎么办？

　　请翻至第 251 页。

"救命！"你喊道，你没学过游泳！

五名水手一起气喘吁吁地用一个大网把你拖出水面，他们把你扔在甲板上，你四仰八叉地躺在那里，嘴里吐着水。

"你在网里像一条巨型鱼。"云妮洛普说。

"我也这么觉得。"你站起来晃晃自己，甩得到处都是水。

"嘿！"云妮洛普喊道，"你把我都弄湿了！"

船长大步向你走来："你们两个！我不能允许这样无组织无纪律的危险人物在我的船上！一旦到达陆地，我会立刻把你们扔下去！"

"那我们怎么回家？"你问。

"这不是我要操心的事！"他咆哮道。

请翻至第 124 页。

你绕过隐蔽的车站，漫步进了树林，发现沿小河有一条小路。

你听到头顶有笑声，你在猜测你会见到什么！

你从两个浓密的灌木丛中间偷偷看过去，嘴巴大张，下巴都快掉下来了。

一条龙正躺在一大块扁平的石头上晒太阳，一只又矮又胖的食人妖坐在另一块石头上，长满毛发的大脚悬在水里，一只小小的带翅膀的精灵飞过他们之间。

"然后我说……"食人妖说，"然后我说……"他开始大笑，笑得说不出话来。

"艾玛，"那条龙咯咯咯地笑着说，"根本就没有你想得那么搞笑。"

食人妖艾玛开始向那条龙洒水，精灵痴痴地笑了起来，声音像铃铛一样。

"嘿！"那条龙抱怨道，但你能听得出他不是真生气，他们应该是好朋友。

你一大步跨出灌木丛。"大家好！"

那条龙吓了一跳，嘴里喷出了火。食人妖从石头上跳进水里，水花四溅。精灵径直向你飞来。

请翻至下一页。

"嘿！"你捂住头，弯腰躲闪，感觉有什么东西落到了你肩上，是精灵。

"你在干什么，跑到这儿来吓唬我们？"她斥责道。

"我不是故意的，"你说，"我只想和大家打个招呼。"

食人妖把自己从水里拖出来，摇得像一只狗，甩得到处都是水。"停！"那只龙叫道，"你把我全弄湿了！"

这一整天的大多数时间你都是和这几位神奇的新朋友一起度过的，特别神奇。食人妖把你带到一个小酒馆里和他们一起玩牌，精灵把你介绍给会说话的花儿，龙让你骑在他的背上带你逛，你甚至还见到了一群鳗鱼，他们邀请你一起恶作剧。你简直等不及要告诉拉尔夫了！

后来，你决定回家了，毕竟，拉尔夫现在一定已经找到了方向盘，而且《甜蜜冲刺》没有你不行！

回程的火车上，一群兴奋又疲惫的虚拟形象分享着各自的故事，你也有一大堆故事要讲。你下次一定要带拉尔夫来，你觉得他会成为一个完美的食人魔！

你想开启一段新的冒险吗？
那就回第 1 页，重新选择角色吧！

你和云妮洛普到达港口时，很兴奋地看到了各种各样的船只，几十辆壮观的大帆船停泊成一排，许多虚拟形象——人类的在线代表——在沿着码头漫步。

"这些船好酷，"云妮洛普说，"你想过赛船吗？"

"我们可以问问，"你说，"但是他们看起来不像是会跑得很快的样子。"

"请问，"一个穿着校服的男孩走过来问道，"请问那只船叫什么？"他用铅笔指着你面前的那艘船问道。

"让我看看。"你说，心里并不想承认你也不知道。

你瞅了云妮洛普一眼，啊哦，她一脸淘气，你太清楚了：这是一张恶作剧的脸。

"云妮洛普，"她认真地说，"军舰中速度最快的船。"

"您错了，女士，"你指着更远处的一条船说，"那边停在最远处的可爱的船才是最快的，叫作拉尔夫。"

努力不笑出来，请翻至第208页。

"要是早知道当水手就要拖地的话，我才不干呢。"你举起拖把沿着甲板扔过去，同时抱怨道。

"至少你的胃已经不难受了。"云妮洛普说。她把马尾辫从脸上拨开，一把把拖把扣到水里。"但是确实，我不适合当水手。"

"你，那儿。"一个水手喊道，"记得把船尾楼的甲板擦干净。"

你和云妮洛普四目对视，然后大笑起来。

"擦……擦……甲板。"云妮洛普倒在地上，大笑不停。

"不会和我们想的一样吧。"你说，顺手擦掉了笑出来的眼泪。

"别犯傻。"那个水手厉声喝道，"你们知道的，我说的是船尾的甲板。"他摇摇头指着说，"船长的阁楼房顶。"他补充强调道。

"好，好吧。"你努力地控制自己说道，"船长的屋顶。"

你拿起拖把和水桶，云妮洛普还在那里笑个不停。

就在那时，头顶上鸟巢里的那只乌鸦大叫起来："海盗！"

海盗？

请翻至下一页。

"哦，天哪，我们能加入海盗吗?"云妮洛普问。

"应该会好玩得多，"你说，"是我的菜。"

你和云妮洛普跑到栏杆处挥手。

"呦嚯!"你喊道，"海盗们! 我们想加入!"

船长大步走向你们。"你们到底在干什么?"

那个让你们去拖甲板的家伙附和着说:"我们就把他们送给海盗吧，反正他们不想待在这儿，这样海盗们也不会带走我们其他人。"

"好主意!"船长说。

"我们也这么想。"云妮洛普与你击掌说道，"海盗船，我们来了!"

加入海盗，请翻至第245页。

你决定紧扣主题找到方向盘。

你的手指飞快地输入信息，然后通过信息高速公路发送出去。你点击菜单，剪切，复制，下拉，一分钟扫过一英里长的信息。屏幕滑动太快弄得你眼花缭乱！

"好了，网民在全力以赴寻找方向盘。我要做的就是坐在这里等结果。"你伸展了一下身体，双手绕过脑袋紧扣在一起，靠在椅子上，"现在随时……"

请翻至第 91 页。

　　你扫视了一圈游戏中央站，拉尔夫站在你身边。游戏厅马上关门了，大家都准备离开自己的游戏，大多数从插头走出来的角色你都认识。

　　几个从不同游戏里出来的坏蛋聚在一起，他们很可能是要去一周一次的坏蛋大会，拉尔夫以前去过几次。以前他只当坏蛋不做英雄的日子其实很不开心。

　　你斜瞄了一眼，在想他会不会去。他也会厌倦自己的角色吗，就像你对自己一成不变的游戏感到无聊一样？也许你们俩能在这个互联网找到一些乐子——当然是在你找到方向盘之后。

请翻至第248页。

你和拉尔夫沿着电源板继续。

"我们怎么能让保安放我们进入 Wi-Fi 插头？"拉尔夫问。

你耸耸肩："我们只需礼貌地让他站在一边。哦！他在那儿！"

你往前冲去，但是拉尔夫拽住你的衣领，把你揪了起来。

"嘿，"你双脚离地喊道，"你干吗！"

"你明明知道我们不是保安喜欢的类型。"拉尔夫把你放到地上。

"你到底为什么这么说？"你问，"他为什么不喜欢我们俩这样的可爱小淘气？"

"好吧，那次我们把插头拔了，结果大家都被落在错误的游戏里。"拉尔夫掰着指头开始数，"还有一次，你想看看你能不能让他相信插座出了故障。哦，天哪，那些恶作剧……"

"好了，好了！"你说，"那都过去了，我肯定他不会再拿这些说事儿。"

拉尔夫拿不准。"我的意思是也许我们需要策略。"

"策略，"你嘲笑道，"我们只是个可爱的小淘气而已。"

请翻至第 250 页。

Choose your adventures! | 189

　　“对不起，拉尔夫。”阿修说，“你是对的，那儿到处都是亮闪的灯、变幻莫测的标识、特价优惠等等，真的太容易分心了。”

　　“我知道。”你叹了一口气，“我去过那里，也许卡洪运气会好些。”

　　阿修的甜筒掉在地上，嘴巴大张。“卡洪在互联网？”他转了又转，“我要回去找我老婆！”他消失在了插座里。

　　保安又出现了。“嘿，刚才是不是有人进去了？”

请翻至第136页。

拉尔夫得回到自己的游戏里去，但是你打算在游戏中央站待着。

　　你和拉尔夫成为好朋友之前，你基本没在游戏中央站待过，你是被逐出去的，你努力想乐观一些，表现得好像一切正常，你在《甜蜜冲刺》的郊外给自己找了个特别好的地方，但内心深处而言，你很孤独。

　　与拉尔夫的结识改变了一切。你们齐心协力击败一心想摧毁《甜蜜冲刺》的狂魔，在这个过程中你发现了自己的公主身份，你还结识了一个新朋友。

　　遇见忠诚的拉尔夫，在游戏中央站漫步，请翻至第188页。

你抵达后注意到的第一件事就是空气很凉爽，你深吸一口带着咸味的微风。"啊啊啊啊！精神焕发！"

你注意到的第二件事是你的胃不舒服，想吐。

你注意到的第三件事让你忘记了前两件：巨大的海浪眼看就要压过来！

"啊！"你一边大喊一边抓住云妮洛普就跑，赶紧去找能躲避的地方。你拉开一个地板门一头钻下去。

"哟！"云妮洛普说，"那个大浪差点把我冲走。"

"你这个傻大个在这儿干吗？"一个声音从你身后传来。

你转过身，看到一个留着浓密胡子的大个子向你走来，身上的衣服比水手的制服更花哨。

"外面有大浪。"云妮洛普说。

他盯着她，好像她是疯子一样。

你努力地圆场："这样说吧，巨大的水流，"你上下摆动着手臂，"非常多的水。"

"你们这两只底舱的老鼠滚回你们的地盘去！要不然我就让你们销声匿迹！"他大喊大叫道。

你们倒吸一口气，知道他是认真的。

回到甲板，请翻至下一页。

你掀开地板门，爬回到甲板。"我们太厉害了，"你对下面的云妮洛普喊道，"刚才的海浪真是够大！"

云妮洛普跟在你后面挣扎着爬上来。"这个地方太神奇了。"她慢慢转身说道。

你试着再来一遍——毕竟，这个19世纪的帆船实在让人叹为观止，巨大的桅杆、庞大的风帆、木质甲板，但是你的胃却不是滋味。

"我觉得……我觉得我得坐一下。"你告诉云妮洛普，你低下身坐在行李箱上，"别转，"你咕哝道，"我要吐了。"

船在大海上上下起伏，你的胃也跟着翻腾。

"你晕船是吗，呃？"一个满脸皱纹的老水手问道，身上的制服比刚才在楼下看到的那个家伙的制服还要破，到处缝缝补补，肮脏不堪，而且还有撕裂的口子，袖口和裤脚破破烂烂。"第一次出海？"他问。

"也是最后一次。"

他大笑起来，一只长满老茧的手钳住你的肩膀。"你很快就会适应的。"

地板门又一次打开了，那个粗暴的家伙出来了。

友善的老水手宣布道："船长驾到！"然后敬礼。

请翻至第207页。

"面条！"

你转过身看到一个梳着黑色辫子的年轻女孩向你走过来，小狗兴奋地狂叫，使劲拽狗链子。

女孩张开双臂抱住狗狗，小狗使劲摇尾巴，舔着女孩子的脸，逗得她咯咯咯地笑。

"我来自《狗狗爸妈》游戏，"你把狗链子交给她时她说，"我们照顾狗狗，这一只跑丢了，我特别担心。"

"很高兴我能帮得上忙。"你告诉她说。

"走吧，面条，你这个小淘气。"她对着狗狗说，"再次谢谢你。"她边走边回过头喊，小狗跳起来想咬住链子。

你目送他们走远，这一幕让你想到了云妮洛普。小狗和女孩都活力十足。

但至少云妮洛普不会随地大小便。

完

你想要其他人打理游戏厅吗？
那就回第 6 页，重新选择角色吧！

你抽了几下鼻子，"不知怎么弄的，我掉出了自己的游戏，而现在却不知如何回去！"你使劲搓着脸，使自己看起来像快要哭了一样。

她把写字板夹在胳膊下面，"你要是从游戏消失，那我得填多少表格才行！光是归档工作就要做到世界末日去了！"她按下展示台下面的按钮，一个键盘弹出来——就像万事通以前带你到这儿的那个一样。

"准备好了吗？"她问。

你还没说话呢，她就按下了按钮。

你在《甜蜜冲刺》第一版里面了！

玩游戏，请翻至第59页。

"当然！"你对云妮洛普公主说，"那会很好玩的！"

你和云妮洛普公主偷偷溜出老式街机游戏，没被逮到。返回主楼层的路上，你突然对好多事都恍然大悟了。你们俩大笑起来，然后意识到两个人连笑都一模一样，这下两人就笑得更厉害了。

你看到拉尔夫正在万事通的资讯站等你，"我都等不及要见拉尔夫了，"你对云妮洛普公主说，"他是我最好的朋友。"

"你的哪一个朋友都……"云妮洛普公主咧着嘴笑着说。

"我叫你时，你再出来。"你对云妮洛普公主说，她弯腰躲在了一个装满邮件的卡车后面。

你大步走向拉尔夫，轻轻敲一下他的后背，他转过身，咧着嘴笑道："我已经拿到方向盘了。"他对你说，"你玩得开心吗？"

"当然，"你说，"我还交了一个新朋友。"

"是吗？"他问。

"是啊，我想你会喜欢她的。"

请翻至下一页。

“你的哪一个朋友都……”他说。

“有意思，”你对他说，“她也这么说过。”你转向邮件车，“出来吧！”

云妮洛普公主跳了出来，“嘿，拉尔夫！”她说。

他瞥了她一眼，然后盯着她，瞠目结舌，然后看看你，再看看她，再看看你，再看看她。

“是你们俩？”他说。

“特别不可思议，对吧？”你说，“想想我们以前的恶作剧。”

“说实话，我根本不敢想。”拉尔夫说。

哦哦哦哦，以后会很好玩的！

你想开启一段新的冒险吗？
那就回第 1 页，重新选择角色吧！

"这个游戏无聊到家了，"你抱怨道，"然后我还要在这样的游戏里当一个侍从，那就更是无聊至极了！"

　　你把几根熏牛肉条扔进爵士的包里，然后系上带子。你正站在一个老式的小酒馆外面，爵士正在那里买供给品。而你希望他现在在屋里洗澡，他身上臭死了！

　　你没有意识到，其实侍从就是爵士的仆人。也许是扮演爵士角色的那个玩家以前从来没有玩过这个游戏，第一个小时他迷路了，摔下马，让你帮他把裤子弄干净，他下马的地方好像总是泥水坑。这样的他还能有什么乐趣可言？

　　"真不敢相信我困在这个人这里了。"你咕哝道。

　　"这还用说！"你马上环顾四周，"谁在说话？"你问。

　　"是我，"那匹马朝你摇摇脑袋，"你在给这个家伙装东西上马的时候，能不能轻点？"

请翻至下一页。

你盯着马："你在说话？"

"每一个东西都能说话，"马说，"但我们从不跟虚拟形象说话，除非他们拥有了和动物说话的能力，但这个情况只在高级阶段发生。"

"还有其他阶段？"你问。

"当然，这是第一级。你是对的，真的很无聊。"马摇摇鬃毛，"到了高级阶段会好一些，但是我觉得这个爵士能到第二级就不错了。"

"意思是我们就要困在这个无聊的区域了。"

马同情地嘶叫一声："一点没错。"

"那我们该如何帮助这个家伙进级？"你问，同时轻轻抚摸着马光滑的鼻子，"他要是有进展，情况就会好转，对吧？"

"我怀疑就算我们帮他，他也走不了多远。"

"他得完成一些探索任务，"你说，"是什么呢？"

"通常情况是救公主。"

你嘴巴大张。"帅呆了！"你大叫道。

解决问题，请翻至第 201 页。

你搓着手，感觉特别兴奋。你一边绕着巧克力湖大步走，一边考虑所有能让游戏更具挑战的可能。你的想法太多，都不知道先试哪一个。

你一步步缩小范围，最后确定了两个：添加新燃料增强卡丁车的力量，或者把《甜蜜冲刺》变成接力赛，弄个团队项目！

你穿过操控台，从屏幕上往游戏厅望去，赛车手们到达之前你没有太多时间尝试。

你需要做出决定。

如果游戏厅营业之前你想尝试超赞的燃料，请翻至第 39 页。

如果你想把《甜蜜冲刺》变成一场接力赛，然后等到游戏厅关门再去说服赛车手们，请翻至第 29 页。

你发现爵士正坐在酒馆研究一张地图，他看反了，唉，管他呢。

　　"你猜怎样？"你问他，"我能带我们……带你……去新一级！"

　　他看了你一会儿，又回头开始钻研地图。

　　"是真的！你已经基本完成了最重要的探索任务！"

　　"你在说什么？"他问。

　　你注意到其他几位顾客在听。"你看到了——我是公主！"

　　你笑开了花，等着他满心感激难以自持，请翻至第235页。

"哦！"她突然冲向显示着鞋子和手提包的屏幕，"我爱，超爱，超级爱这个！"她夸张地说，"我从来没想过紫色靴子和粉色背包搭配，但真的很搭哟！这个网站会很火！"

"嗯，女士，那我们的方向盘怎么办？"你问。

她向你摇摇手。"我已经有编码在找了。"

你心里没底。她一次浏览好多页，你都不明白她怎么看得过来。

"很高兴认识你，"你对赞姐说，"但是我想我还是去找云妮洛普吧。"

"试试这个！"看到一只猪在冲浪板上的视频，赞姐大笑着叫道。

她一心扑到了视频里，你蹑手蹑脚地走开了。请翻至下一页。

你不知道自己在哪儿，也不知道怎么到任何地方去，你能确定的就是你把事情搞砸了。

也许你就应该回家，云妮洛普很可能已经找到方向盘了，毕竟你已经在这儿有一阵子了。

事实上，你意识到，她很可能在游戏中央站等你回去！

只是有一个问题：怎么回到互联网入口，然后继而回到利特瓦克先生的家庭娱乐中心？

你往四周围看看。"那些搜索引擎跑哪儿去了，你现在需要他们。"你挠挠头，不停地敲打栏杆。"现在，让我回忆一下，我们是通过一个叫路由器的东西进来的。哇！"你刚说出"路由器"这个词，一个吊舱突然显现。你被送回到你和云妮洛普开始进来的地方。

你穿过插座冲回去，进入游戏中央站，请翻至第122页。

"大家待在原地别动！"保安冲过来。但是在他堵住插座之前，他一脚踩在阿修掉下的冰激凌上，滑了一下，他竭尽全力想站直，但于事无补。

就在他左滑一下右滑一下的时候，你和卡洪跳起来，穿过 Wi-Fi 插座，进入了互联网。

"现在，我们从哪里开始？"你问卡洪。你知道她更喜欢发号施令。

"就从这儿开始！"一个网民走上前，"足不出户解决一切！"

"你这突如其来的家伙，滚开。"卡洪咆哮着说。

他后退转身跑走了。

你意识到周围全是弹窗广告，有人举着标识，有人穿着标识，有人对着喇叭尖叫，有人放着很吵的音乐，还有些人向你和卡洪走过来。

"他们来了。"你对卡洪小声说道。她一下子转过头，眼中喷着怒火。你心里清楚她的眼神有多恐怖，你举起锤子一样的拳头，所有的广告全都散去了。

现在道路清理干净了，请前往第 138 页。

"啊！"水手说，"是的，在那儿，你才能找得到让帆船顺利出行的关键物件。"

"比如像供给柜。"你说。

他有些蔫儿了。"我想你可以这么说，是的。"

你喜欢供给柜，一般情况下里面都放满了，嗯，供给品。"有意思！"

"也不一定。"云妮洛普说。

水手又傲慢起来："这个游戏已经好几次被提名载入史册了——"

"你们赢过？"你问，你倒想看看他们到底得过哪些奖牌。

"没有。"水手嘴里咕哝着。

你很为这个家伙遗憾，你知道失败的滋味，因为你也经常拿不到奖牌。

你弯下身子对着云妮洛普的耳朵悄悄说："嘿，我们到周围去看看，这样他会好受一点，怎么样？"

云妮洛普摇摇头，但还是面带笑容："你真是个软心肠。"

"心中有愧。"你往后一步起了身。

"我们想熟悉一下这里。"你对水手说，"你建议我们从哪里开始？"

请翻至下一页。

水手兴奋得把你也逗乐了。"哦，有很多选择啊。"他站到船板旁，顿时满心骄傲。

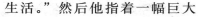

他指着一张旧黑白照上的一群水手说："那个能让你体验船上的生活。"然后他指着一幅巨大的老式帆船照说，"那个能让你踏上各种各样的船，只需要点一下照片，你就能立马被送到相应的游戏里。"

"在互联网里真是到哪里都太快了。"你说，转身面向云妮洛普，"你觉得呢？"

她耸耸肩："这本来就是你的想法，所以去吧。"

你转身面向满脸期待的水手。

那里会是怎么样的呢？

探索 19 世纪的水手生活，请翻至第 192 页。

想看看那时的海上都有什么样的船只，请翻至第 184 页。

船持续在海上颠簸，你站起来努力想保持平衡。你轻轻推了一把云妮洛普，她和你一起敬礼。你们之前给船长的印象并不好，现在至少应该努力讨好他。

船长眯着眼睛看着你和云妮洛普。"你们是新来的？"他说。"是的，先生。"你回答道。

"好吧，奥布莱恩，给他们分配任务。"

"好的，好的，先生。"奥布莱恩说，但是船长已经走远了。

老水手搓搓他粗短的下巴，打量着你："既然你们是新来的，那就由我来给你们挑选任务吧。你们想拖地还是擅长吊帆？"云妮洛普窃笑道："我们选择——"

你一把捂住她的嘴，不想让这些水手感受云妮洛普的幽默感。

你不知道他指的都是什么，但是他还在等你做决定，云妮洛普耸耸肩，那只能由你决定了。

接下来会怎样？

拖地？请翻至第 185 页。
吊帆？请翻至第 219 页。

"全副武装的云妮洛普将超过拉尔夫，"云妮洛普打了个响指，"像这样。"

　　那个男孩子在一个笔记本上草草记下："他们用的是哪种燃料？还是风力驱动？"

　　"拉尔夫是热力驱动。"云妮洛普诡异地咧嘴笑着说。

　　"而云妮洛普是——"

　　你还没说话，水手从供给柜里出来。"你们够了！"他厉声说道。"对不起，"他对那个男孩子说，"别管这两个爱开玩笑的家伙。"

　　"对不起，孩子，我敢肯定这个好小伙能帮到你。"你用你的大手拍拍水手的肩膀说。他禁不起你的力量，跟跄了一下。

　　他从你的手里扭出来。"我会很乐意指导你，"他告诉那个男孩子，"等我确认这两个人离开了这里。"

　　"我们能体验一下海上生活吗？"云妮洛普问。

　　"不能，你们必须现在离开，你们只有这一个选择。"水手说。

　　"好的，好的，我们现在就走。"你说。

　　进入吊舱，请翻至下一页。

你和云妮洛普跳出吊舱，发现自己身处一个喧闹的地方，巨大的霓虹灯在头顶闪烁，上面写着"易贝"。

"哪儿有贝壳？"云妮洛普沉思着，"连水都没有。"

你在一个满是摊位的大仓库里，摊位里满是旧地图、指南针、方向盘，还有一些古老的宝藏！每个摊位里都有人在喊："谁想拍卖？"有些摊位满是竞拍者，有些则无人问津。

"就是这些过时的船上用品？"你环顾四周说。

"谁知道有这么多，"云妮洛普说，"还有这么多人收藏这些破旧的满是藤壶的手工制品。"

"我知道你对轮船史感兴趣。"你面前的一个摊主说。

"何出此言？"你问。

他指着你身后，你转过身，看到你刚走出的门，上面标着：19世纪帆船。"哦，好吧。"

"我这儿有那时最精美的制品……"

云妮洛普打断他说："这里还卖不卖其他东西？新一点的？"

"嗯，卖，但是像你们这二位历史发烧友……"

"再见！"你说。你们俩赶紧离开了。

请翻至第 **220** 页。

你和拉尔夫转向 Wi-Fi 插座，保安已经用警示带封住了。在你们能进去之前，你们只能在周围转转。

你深吸一口气，做好准备要潜入插头，但是你感觉到拉尔夫的手一把拉住了你的胳膊。

"怎么了，兄弟？"你问。

"你真的认为我们应该去那儿吗？"拉尔夫问，"要是我们永远，再也回不来了怎么办？"

你不想承认，但是他说到了要害，你们是要进入一个巨大的未知世界。你停下来想了一下，"要是我们不进去，"你最终说，"《甜蜜冲刺》就要永远消失，所以我必须冒这个险。"

"好吧，小鬼。"拉尔夫说，"要么往前冲，要么游戏毁灭。"

请翻至第 172 页。

你跨上自行车后，腿都快顶到耳朵了，你跳下来。"车太小，我太大。"你说。

你观察着自行车，把车座和车把往上调了一调。"我再试试。"

"快点！"云妮洛普说，"看样子所有的赛车手都已经在起点排队了！"

她是对的。你看到有一群人聚在前方一个巨型横幅前，人们在路边排队。你意识到，这个比赛很受欢迎。你注意到头顶有直升机，电视媒体人挤在那里。

"哇喔，这个比赛是条大新闻。"你说。

"现在我不能怯场。"云妮洛普说。

请翻至第107页。

你冲到游戏中央站，发现云妮洛普在那里。"嘿，云妮洛普！"你说。你太兴奋了，差点没控制住自己，你等不及要看到自己的计划付诸行动了。

"嘿，拉尔夫。"她说，"那么，今晚是什么活动？"

你使劲耸了耸肩，长叹一口气说："和平时一样，在老利特瓦克先生的旧游戏厅里，还能有什么新鲜事？"你说，"你应该回《甜蜜冲刺》了。""但《甜蜜冲刺》已经结束运营了。"她吃惊地说："那我们不出去逛了？"

"哦，我有事要做。"

"你有事？什么事？"

这个问题难住你了。

找个借口，请翻至第 15 页。

一个手拿绳子、头戴尖帽、挂着拐杖的高个子男人看着这个场景，一脸权威，感觉像是主管。"他们在干什么？"你问他。

"他们准备冒险，"他严肃深沉地说，"他们以真实的身份来到这里，一旦到了这儿，他们就扮演成游戏里自己喜欢的角色。如果收集到足够的护身符，他们就继续，当然，这里危险重重，荣誉也无处不在。"

"酷！"你看着一个虚拟形象变成人头马时说，"我能不能也来一套？"

"也许，小一点的。"他说。他低头瞥了眼你："你是谁？你是从其他游戏里来的吗？"

"呃，是的……"你回答说，"我希望没什么问题。"

"要小心！"他警告道，"这里到处都是各种奇怪的不可思议的生物，有些友好，有些非常危险。虚拟形象们——也有自己的长处和技能。他们会向你宣战，还会对你有诉求。"

"诉求？"听起来很吸引人，"什么样的诉求？"

请翻至下一页。

"有些要和龙决斗，来获取他们的宝藏。"他告诉你，"有些要拯救公主。"

"那有没有公主拯救龙的？"你提议道，"那更符合我的风格。"

他没理你，只是用眼睛上下打量你说："你的这身装扮在这里不多见。"

你感觉到他实际上是在说，你这样的在这里不多见。

"我想你可以给有需求的爵士当侍从。"他说。

"可以！"你说。

他用拐杖指着你的头。"或者我们把你的耳朵变尖，然后你可以扮演精灵。"

你想变成精灵吗？请翻至第 232 页。

想做爵士的侍从吗？请翻至第 198 页。

"你现在很焦虑?"她说道,一边把智能手机溜进钱包。

"对不起,"你快速说,"只是——我现在有点麻烦,这让我特别焦虑。"

她故意点点头:"压力总是有的!"

"我真的需要帮助。"你说,"我需要给《甜蜜冲刺》找到方向盘,否则这个游戏就永远被禁了,会被拆了卖零件。"你努力想忍住,可眼泪还是从脸颊上滑了下来。

一块桃红色的手帕出现在赞姐手里,她递给你,同情地点点头。

擦了鼻涕,然后请翻至第 254 页。

她欢呼道："互联网又快又猛，你不喜欢吗？信息高速公路突飞猛进！我真是爱死了！"

她精力充沛，但她一定清楚在互联网该怎么做，而且越来越接近答案，而你已经筋疲力尽了！

也许你就应该让她接管任务，你去打个盹儿。请翻至第74页。

也许你应该感谢她，然后回到自己的事情上，请翻至第202页。

你从桌子后面站起来，"开始之前还有什么问题？"

一个皮包骨的绿色触须站起来。

"什么事，大章鱼？"他全都是眼睛，你不知道该看哪一只，所以目光最后落在脸部中间那只巨大的眼上。

"我们会赢得什么？"他问。"赢？"你吃惊地重复道，"拉尔夫是游戏里的坏蛋，他向来什么都赢不到。"

坏蛋们齐声抗议，你捂住了耳朵。"哦，安静！"你喊道，"好了，你们是坏蛋，你们想要什么？"你看着大多数坏蛋开始退出。其中一个坏蛋往外走的时候停了下来。

"什么事，撒旦？"你有点担心地问。

"我叫撒——丁。"他纠正道。你的双膝打了个哆嗦。这家伙有鲜红的皮肤，长着巨大的致命的双角，让人一看就是个大坏蛋。

"我们以为我们终于交到了好运，"撒丁难过地说，"我们以为加入了一个新游戏，我们就能有一个全新的开始。"他甩了甩斗篷，走远了。

你看着剩下的人，机器人，僵尸，还有《甜蜜冲刺》里的绿糖酸比尔，自从他们的游戏被禁以后他就一直跟着你。

"前途不再一片光明。"你低声说。

叹气，请翻至第 259 页。

"我们最好待在一起，"你说，"另外，和朋友一起探索新地方，会更有趣。"

"太对了！"拉尔夫把他的大手放在屁股上，"但我们要探索什么样的新地方呢？"

有太多东西可以看，你简直不知道该把眼睛放在哪儿了！连接中心地带和各个小地方的单轨电车轰隆隆地从头顶开过，巨型大厦的电梯上下穿梭，汽车从你身边飞驰而过，扬起的一阵风吹起你的头发。好像你周围的一切——从虚拟形象到闪烁的灯光——都在做极速运动。

是你的范儿！

"这里东西好多啊！"拉尔夫评论说。

"所有的东西都在以我的速度运转！"你说。

"这让我想起一个我知道的游戏。"拉尔夫朝你眨了一下眼。

"这让我想起，"你说，"我想我们最好赶紧开始搜索。"

"搜索？"有人在你身后问道。

欲知谁在说话，请翻至第 146 页。

你抬头看看帆具。"没问题。"你告诉云妮洛普，"我在自己的游戏里就总会攀爬巨型公寓。"幸运的是，你已经不晕船了。

云妮洛普快速跑到绳子上。"我们俩比赛看谁先到乌鸦的窝！"她在上面朝你喊。

你咧嘴一笑抓住桅杆开始往上爬，一阵大浪摇得船左右晃。你抓住绳子想保持平衡，弄得一个巨型桅杆猛冲向甲板，水手们飞身趴下躲了过去。

"哎呀！对不起！"你朝下面喊。

你看到有人向你晃了晃拳头，你想幸亏听不到他们在说什么。

你重新开始爬。

你听到吱吱嘎嘎的声音，然后听到断裂声，你往下看了一眼，水手们都在向你大喊，但是你离甲板太远了，完全听不到他们在喊什么，有人好像在向你挥手让你下来。

然后你听到你头顶上乌鸦巢里的那个家伙喊："你块头太大了！桅杆承受不住你的重量！"

啊噢，你听到的断裂声是桅杆裂成了两半。

接下来你知道的是，你落水了。

请翻至第181页。

"我什么都看不见了，"云妮洛普抱怨道，"这里太挤了。"

云妮洛普跳到你肩上，观察了一下周围。"要说哪里能有《甜蜜冲刺》需要的方向盘的话，非此地莫属了。"

"你觉得会不会有地图之类的？"你说，"我们走了太多路，我的脚真的好累。"

云妮洛普尖叫道："我的天哪！"她哭喊道，"正前方有个小房子，有老式电子游戏。"

她弄乱了你的头发。"我真的相信我们找到了我们想找的。"

"当然！"你告诉她说，"这一直是我的计划，我没跟你说过吗？我们只是得通过19世纪的帆船走一下这条观光路线。"

"确实如此。"她咧嘴笑着说。

你穿过人群，砰的一声落在了那个小房子旁。

房子从内而外闪着光芒，她的方向盘就在那里！

请翻至第263页。

"你应该休息一下，"你对保姆小姐说，"我老婆和我会立刻回去帮你照看宝宝。"

"真的吗？那真是太好了！"她感激地笑着，然后回到了自己的游戏。

几分钟后你和卡洪回到了《宝贝竞赛》，你抓着你老婆的手，穿过插头进入游戏。

保姆小姐向你冲过来，但是当她看到卡洪时停了下来："呃，你们看着不像育婴员。"

"啊？是吗？"卡洪来势汹汹地往前一步，"我们看着有哪里不妥吗？"

"不，不，"保姆着急地说，"只是他拿着个锤头，"她指着你，然后对着卡洪说，"你穿着战斗装备，而我的工作是保证婴儿们的安全。"你佩服这个保姆小姐的勇气。你爱你老婆，但你也知道她非常吓人。

"我们绝不会伤害这些婴儿。"你承诺道。

请翻至下一页。

"那么……如果你们能保证的话。"保姆小姐说，眼睛还在打量着你们俩。

"我们可以保证。"你说，卡洪果断地点点头。

突然，她特别迅速地开始收拾，就好像害怕你们会反悔一样，抓起大衣和记事本。"小——丹弗，这些小可爱整天一刻都不让我轻闲。"她把帽子咚一声扣在头上，"现在他们都睡着了，但是如果他们醒了，请务必费心。"

她停住，看着你和卡洪："我希望你们能搞得定。"

"我保证我们能搞得定。"你抓着卡洪的手，向她保证。

她一口气把所有要交代的事交代完，你甚至都没来得及注意，她就已经离开了。

然后就只剩你和卡洪，还有一群婴儿。

请翻至第 137 页。

你从拉尔夫手里拿过运送说明，然后在手机上敲了一连串按键。如你所料，你能联系到一些人帮你解决每一个环节，并且最后把方向盘送到游戏厅。"解决！"

你笑着转向拉尔夫，他没笑，只是站在那里，肩膀下塌，低着头。

"怎么了，大块头？"你问，"我们拿到了你的方向盘，你将成为云妮洛普心目中的英雄！"

"但我不知道她在哪儿，"拉尔夫忏悔道，"我也不知道怎么找到她。"他朝着你的屏幕上划了一大圈，"这个地方太大了！"

你一直都超爱互联网带来的各种可能，那里有无限机遇，但是你能想象对于第一次来访的人来讲，确实会感到无所适从。

"我有个办法，"你告诉拉尔夫，"我们利用互联网的特点去联系人。"

"怎么联系？"

你笑道："你等着瞧。"

请翻至第 151 页。

Choose your adventures! | 223

你帮助拉尔夫和云妮洛普找到如何在搜索站见面的方法。你陪着他，害怕他会迷路，他确实太容易分神，显然不知道互联网里哪些流行，哪些已经过时了。

你看到前方有个小个子女孩，扎着马尾，身穿一套别扭的装备。他们刚一看到彼此，就向对方冲了过去。

拉尔夫一个熊抱把女孩举起来，放下她的时候，你也过来了。

"你一定是云妮洛普。"你说。

"正是本人。"她咧嘴笑道，"谢谢你的帮助，否则，我们可能永远都找不到方向盘，要不是——"

"也找不到彼此——"拉尔夫插嘴道。

"要不是你的话。"

"别客气，"你对他俩说，"我喜欢用己所长。"

请翻至第**121**页。

"我是拉尔夫，"你对她说，"你是谁？"

她有一下子看着十分震惊："你不知道我是谁？怎么会，我是赞姐！"

好奇怪的名字。"赞？赞谁？"

赞姐的嘴都歪了，就好像吃了什么酸东西。

互联网里还有什么人是正常的吗？她一分钟前不是还穿着不同的衣服吗？你发誓她刚出现的时候穿的是白色的，现在这身却是红色的，现在她又戴着时髦的眼镜。

"我是这儿的计算程序负责人，"她继续说，"我对这里的一切了如指掌——什么东西流行，什么时候过时，下一秒会发生什么大事，下一个流行趋势是什么，最好的新闻在哪儿，如何发现一切，是不是值得发现。如果我喜欢，你也就会喜欢！还有你，你，你！"

"呃。你在跟谁说话？"

"那里的每一个人！"她打了个响指，你们俩周围出来了几十个屏幕。

请翻至第238页。

你费力地抵达终点，不想让云妮洛普看出是你闹的事。你不仅弄砸了她的游戏，你的鬼把戏还让她输掉了比赛。

"拉尔夫！"你听到她喊。

"听着，云妮洛普——"你开口了，眼睛直直地盯着自己的一双大脚。

"拉尔夫，你是始作俑者吗？"她从卡丁车里爬出来问道，"所有这些改变的始作俑者？"

否认没有任何意义。另外，你不能跟你最好的朋友撒谎。"嗯……呃……可能，是的……"

她一把抱住你的双腿："谢谢，谢谢，谢谢！"

"啊？"你举起她，看着她的双眼，"你喜欢？"

"简直太棒了！"

"但是你输了。"你边说边把她放在地上，你躺了下来。

"我才不在乎呢！"她转呀转，根本控制不住自己，"关键是赛车！关键是挑战！"她好像真的特别开心，这也让你特别开心。

"那么，祝下次好运。"太妃对云妮洛普说，她坐在赛车引擎盖上，手里拿起她的奖牌，真让人羡慕。

请翻至下一页。

　　云妮洛普咧嘴一笑。"下次，根本和运气无关，"她说，"纯粹的技巧。"

　　"你的意思是你想让我们大家再来一次？"你问。

　　"也不要完全一模一样，"她说，"留点悬念。"

　　卡洪、阿修和吉恩也到了终点。"你的计划实现了吗？"吉恩问。

　　"云妮洛普开心了吗？"阿修附和道。

　　"这个游戏对她来说是不是更刺激些了？"卡洪问。

请翻至第 21 页。

穿过障碍赛道以后，你睁开眼睛，换挡加油门，超过太妃时对着她打了个超级夸张的哈欠。

突然，你遇到一个标识，以前从来没见过，标识上指示给你一个全新的赛道！你选了它，上了架在"巧克力蛋糕路"和"热巧克力沼泽"上的自制赛道。你爱死它了，它有各种极速转弯。

接着，你错过一个弯道。你的轮胎出了问题，不给力了。你冲出马路，栽进巧克力水沟，陷进去被卡住了。

拉尔夫匆匆跑到你面前："小鬼，你没事吧？天呀！我没想到会这样。"

你听到太妃在喊你，拉尔夫把你弄出卡丁车，然后两个人一起跟着太妃回到比赛起点。

《甜蜜冲刺》的所有公民都围在屏幕前，盯着利特瓦克先生的游戏厅。你和拉尔夫到的时候，大家自动让开，以便让你们俩过去。

"你做了什么，拉尔夫？"太妃问。

"他只是想让游戏更刺激些，"你说，"让他一个人静静。"

请翻至下一页。

你看着那个曾经在游戏厅玩《甜蜜冲刺》的女孩拿起掉下来的方向盘，利特瓦克先生挠挠头。

"哦，没关系，斯瓦蒂。"利特瓦克先生对女孩说，"我想我很容易就能把它安回去。"

利特瓦克先生努力把方向盘安回操作台时，你屏气凝神。然而，它碎了。你心里一紧。

利特瓦克先生端详着坏掉的方向盘，"算了，我会订购一个新的，但制造《甜蜜冲刺》的公司几年前就倒闭了。"他说。

"那我在互联网上找一个。"一个男孩满是希望地说。

"我也去。"其他孩子都挤了过来。

过了一会儿，斯瓦蒂拿起手机，眉开眼笑。"我找到一个！"

利特瓦克先生盯着手机，惊得下巴都掉了下来。"你在开玩笑吧？多少钱？"他摇摇头，"太贵了，比这个游戏一年赚的钱还多。"

利特瓦克先生把手机还给斯瓦蒂。"我的废品商星期五能来，到时候我就把《甜蜜冲刺》拆了卖零件。"

你意识到利特瓦克先生正在往游戏机背后走去。

"大家快跑！"拉尔夫大喊，"利特瓦克先生要拔电源了！"

匆匆翻至下一页。

赛车手们尖叫着往游戏外面跑，你们全都跌跌撞撞进了游戏中央站，几个人在大哭。

　　你的心一沉。你又出了小故障，但这次感觉不同。是真的吗？难道《甜蜜冲刺》里的每个人真的要完蛋了吗？

　　绝对不行。你是《甜蜜冲刺》里的公主，或叫总经理，或是帝王，或是嗨女士，或是甜心之主，总之照自己的心情叫不一样的名字，你要对游戏里的每个人负责。

请翻至第239页。

"我觉得我们应该跳过这一个，小鬼。"你对云妮洛普说。

她双臂交叉："你不想试只是因为这里没奖牌？"

她不全对但也不是全错。"不，"你抗议道，"你没听她说吗？这个比赛要花三星期时间！我们不能离开游戏太久，不论我们现在玩得多开心。"

她叹了口气："我想你是对的。"她踢着路上的一颗鹅卵石，"我只是希望能有一个游戏让我回去。"

"我们只需要找到对的方向盘。"你告诉她说。

试试木质方向盘，请翻至第179页。

魔术师给你的耳朵安了个塑料尖头。"你会是一个通行无阻的精灵。"他宣布。

"那我有魔力吗?"你问。

"没有。"他说,"你只是这里的一个访客,只有本地人才有那些能力。你需要遵守一些规则,你伪装成一个神奇的却没有任何魔力的生物,这样你就可以迷惑虚拟形象,因为你不能提供任何他们需要的咒语。请一定要待在人少的地方,这样才能相安无事。"

我才不要相安无事,你心里想,我要的是好玩!

他好像能看得出你的心思,继而补充道:"我相信我们这里就算对你有这么多的限制,也能让你体验很多的冒险。"

你轻轻指着自己尖尖的耳朵:"好的,我应该从哪里开始?"

魔术师从他的绳子里拉出一个小小的水晶球。

"嗯,此刻正有一场战争,还有几场决斗,还有虚拟形象们正在等着伏击一条龙,这些都是外来人员必须规避的场合。你应该……往那边去。"

他拿出他的拐杖,指向森林。

你听了他的话,出发。请翻至第182页。

夏威夷衬衫先生退回来。"当然不，我为什么要这样？我来这儿是想给我的《英雄使命》找个备用零件，有个按钮掉了。""哦，"你放下了拳头说，"那行。"

这花了些时间，但最终你和拉尔夫还是做了必要的筹备工作。

"我们做到了！"拉尔夫眉开眼笑地说，"我想我们可以放心地说今天的我们统治了互联网。"

"我不知道……"你说，"只有那个方向盘被安全送到利特瓦克先生手中，再让《甜蜜冲刺》恢复电源以后，我才信。""那我们就出发回家吧！"拉尔夫说。

在回游戏中央站的路上，你很担心，你是已经找到了方向盘，但时间还来得及吗？

第二天你醒来时发现身上盖着一个砖头毯子。"呃——我这是在哪儿？"然后你记起来了，《甜蜜冲刺》被拔了电源，游戏里的赛车手们都散了，你是在《快手阿修》里过的夜。

拉尔夫正在垃圾堆的另一端打呼噜，你上前叫醒他。

"快醒醒！"你喊道，"我们得去看看《甜蜜冲刺》是被废弃了还是被救活了！"他瞌睡地揉揉眼睛，"好了好了，一切都言之过早。"他皱皱眉，"等一下，游戏厅今天关门。""哦，不不不！"你哀号道，你怎么能等得到明天？你太焦虑了，一直在出故障。

跳至第 114 页。

"我们该怎么做？"卡洪问道，在婴儿床之间来回跑，你感觉她已经疯了。

　　"深吸一口气。"你对她说，你抓紧面前婴儿床的护栏，努力劝自己。你吸气呼气，但是挡不住婴儿的哭嚷以及你老婆各种各样的抱怨。

　　"好了好了，唯一的办法就是尽百分之两百的努力。"你说着又深吸一口气，鼓起勇气走到一个婴儿床前，抱起一个哭红了脸的婴儿。

　　婴儿马上就不哭了！

请翻至第 177 页。

你一下子被包围了。爵士没有露出感激的样子，他的表情看着更像是生气。

　　"你胆敢冒充公主？"他从座位上起身询问。

　　"但是——"

　　一群人粗鲁地攫住你。

　　过了一会儿你被扔进了地牢。

　　"现在，这个公主确实需要救援了。"你低声道。

　　你叹了口气，一屁股坐在地上。"我想我本应该只专注于自己的计划才是。"

你想开启一段新的冒险吗？
那就回第 1 页，重新选择角色吧！

眼花缭乱的虚拟形象和你一起穿过闪闪发光的城堡，显然都非常兴奋，你认出挂在入口处的横幅，"Oh My Disney"，你念道。

自动人行道带你穿过护城河，美人鱼和海豚在水里拍溅起水花，一道美丽的彩虹穿过塔楼背后的天空。

你刚一穿过城堡的门，虚拟形象们就散了，消失在巨大石厅的拱道，好像他们都特别清楚自己想去哪里，你知道他们一定是常客。

"欢迎光临！"一个快活的声音通报道，"您可以从这个主厅通向任何地方。如果您有任何问题，资讯站就在正前方，我们很乐意竭诚为您服务。希望您度过神奇的一天！"

请翻至第 96 页。

你听着好像有什么大功率的东西过来了，一阵嗡嗡声。

"嘿，"拉尔夫伸出胳膊，盯着他们边看边说，"我们现在是绿色的！"

"你说得对！"你也伸出胳膊，然后往周围看看，房间里投射来一片绿色的光，"奇怪。"突然，一个东西快速从你身边穿过，在几英尺外停了下来。

拉尔夫一把抓住你的胳膊。"不要靠近它！这是小精灵！"

你看着这个斑点变成了你认识的东西，更准确地讲，是变成了你认识的人，"难道这不像迷你版利特瓦克先生吗？"

"用户准备就绪！"迷你利特瓦克先生用微小的声音说。

他突然就被装进吊舱带走了，你向后倒下去，吓了一跳。

"跟着那个利特瓦克先生！"你喊道。

追逐到第 125 页。

　　赞姐敲敲眼镜。"这些宝贝让我随时对任何人任何事有前沿的掌握。"

　　她皱皱眉，打了个响指，突然就换了身光滑的紫色连身衣和粉色短夹克。

　　她看到你在盯着看她，就笑道："我时刻引领时尚，那件红裙子刚刚出现在《最佳穿衣名人》秀场了，所以就算过时了。"

　　她指着你身后的屏幕说："哦，我们该去看看那里发生了什么！"

她拽着你跑到第 69 页。

你转向拉尔夫："我们得把这个清理掉。"

"我们？"拉尔夫问。

你坚定地点点头："是的，我们得确保《甜蜜冲刺》里的一切正常，我得拿到备用方向盘！"

"但是怎么拿？"拉尔夫问。

嗯，那些孩子说的什么？他们说他们在哪儿发现了方向盘？互联网？

"我们得进入那个新插头，"你告诉拉尔夫说，"Wi-Fi，保安说过那里有互联网。"

就在那时，保安跑过来，听到了所有的骚乱。当他弄明白情况时，他告诉所有《甜蜜冲刺》里的公民，他们能一直待在游戏中央站直到游戏厅关门，之后，将可以待在《快手阿修》。

你知道你们需要偷偷进入 Wi-Fi，保安今天早晨说得非常明确。所以你和拉尔夫只需要等时间……然后进入你们要去的互联网！

请翻至第 191 页。

你叹了口气，你不能让利特瓦克先生关了你的游戏。"我们看看还有谁能帮忙？"你说。

阿修的老婆卡洪进入了你的游戏。

你一把抓住阿修的手："我们之前怎么没想到？你老婆！她是完美人选！"

"哦，我不知道，"阿修说，"她是糙点，但人不坏。"

"卡洪警官，"你不顾阿修拽你的袖子，继续说，"你是否愿意助我们一臂之力？"

"你想让我扮演拉尔夫的角色？"她问。

"我知道你肯定不想，"阿修紧张地说，"得做一大堆额外的事。"

"我的士兵能帮我处理一些我的工作。"她说，"这是个不错的挑战，另外，大家一起工作应该不错。"

"我加入！"她说。

"告诉她该怎么做。"你对阿修说。

他大汗淋漓，浑身湿透了。他为什么如此紧张？

请翻至下一页。

"她很了不起。"你说。看到卡洪在执行任务时流了泪，你肃然起敬。她的一句"我要毁了它！"令人生畏，连你都打了个寒战。她专门设计的武器把砖头和窗户直接夷为了平地。

　　你轻轻捶了阿修的胳膊一下，"你是怕卡洪加入了坏蛋团队，你就赢不了了是吗？"

　　他拽了拽衣领，倒吸一口气："不不不，那都不是问题。"
　　"那是什么问题？"你问。
　　"我是怕我们太快被找到。"他说。

　　请翻至第 257 页。

你和云妮洛普被吊舱运到了一个乡村公路边。"这是……?"你往四周看看,"说不通啊,把我们带到这儿来怎么可能找得到方向盘?"

你听到远处有欢呼声,过了一会儿一群骑自行车的呼啸而过。

"赛车!"云妮洛普喊道,兴奋地上蹿下跳,"哦,我们也参加吧!"

"呃,你看清楚了,这是比赛自行车,不是比赛卡丁车。"

"我的第一辆卡丁车用的就是脚踏板,"她生气地说,"所以这是小菜一碟!"

"有件事很明显,我不得不说,"你说,"我们没有自行车,在自行车比赛里自行车很重要对吧。"

"噢,好吧。"云妮洛普说,"我会想办法的。"

"但是比赛已经开始了。"你指着赛车手们远去的方向说。

一位女士走上前来:"你这个愚蠢的大个子,"她带着浓重的法国口音说,"这些赛车手只是在热身。"

"你是说我们还是能参加比赛?"你问,心里希望得到的答案是否定的。

请翻至下一页。

这位女士半信半疑地看着你:"你想参加环法自行车赛?这可是全世界最著名也最累人的自行车比赛。"她哼了一声,"你们撑不过三英里路,更熬不到三星期。"

云妮洛普的眼睛圆瞪:"你们的比赛有三个星期这么久?"

"那赢了的人有奖牌吗?"你问。你实在钟爱奖牌。

"他们赢钱。"女士说,"不知道有没有奖牌。"

云妮洛普转向你:"我们要不要参加?"

如果你想报名参加比赛,请翻至第260页。

如果你觉得还是应该去找木质方向盘,请翻至第231页。

但她没有，她在太空飞船里一刻不闲：直冲上天，翻转，垂直俯冲。她的杂技表演弄得你好紧张，你紧紧地捂住翻江倒海的胃。

　　她连续几个翻转让太空飞船又飞了上去。此刻，外星人更多了，你听到她急速飞行时的开心尖叫。

　　"发射！"你喊道，"云妮洛普，不要飞来飞去了，快射击那些外星人！"

请翻至第 51 页。

很快，你和云妮洛普登上了海盗船。

"真不敢相信我们在这儿也还是得拖这该死的甲板。"
她抱怨道。

"我知道！"你一边把拖把甩来甩去，一边怒气冲冲地
说，"我以为我们是要数金币，高唱水手号子呢。"

海上生活根本不是你想的那样。

你想开启一段新的冒险吗？
那就回第 1 页，重新选择角色吧！

"啊哦！"你转过身面向前，卡丁车沿着车道极速飞驰，周围一切都模糊了。

"酷！"你差点撞上一棵拐棍糖树，所以你兴奋地喊，你费尽毕生所学，努力没让车冲出车道。

现在就是挑战，你想。你简直难以置信，你马上就要到终点了，你一定创纪录了！

你轻松越过最后一个甜甜圈山。冲过顶峰时，你简直是在从天而降！

倒吸一口气。

你低头一看，看到底下所有赛车手都在抬头看你。你猛地拉住方向盘，你不想压在你朋友们的身上！他们都在各种喊叫，议论纷纷。

车飞上去了还得下来，你砰的一声重重地落在了一堆棉花软糖上，包在软糖外面的糖衣粉末噗的一声四散开来，呛得你直咳嗽，但至少你的着陆得以缓冲。

请翻至第 32 页。

游戏厅刚一开门，你和其他赛车手就一起前往起跑线，城区警报在整个游戏中回荡。

"赛车手们，发动引擎！"大喇叭里叫着。

太妃发动马力把车开到你旁边："云妮洛普，你今天看着有点消沉。"

"你早饭喝了大碗迷魂汤吗，太妃？"你嘲笑道，"我一个指头开车都能赢你。"

"三、二、一，出发！"播音员喊道。

太妃和其他赛车手飞了出去，你靠在座位上，双手扣着后脑勺。"让让你们。"

你看着其他赛车手开远了，思绪回到昨日，那个新插头，那个利特瓦克先生给游戏中央站新加的一个叫 Wi-Fi 的东西，你很好奇那到底是什么，保安认定那个东西很危险，一直不让你进去。

这就越发让人着迷。

但首先，你得赢了这场比赛。

你像往常一样，打着哈欠开着车沿车道行驶。不错，这儿是有一个橡皮糖障碍赛道。这一切你都太熟悉了，闭着眼睛都能过。

然后你就这么干了。

请翻至第228页。

你和拉尔夫假装无辜地沿着插座乱逛，不想让游戏中央站的任何人知道你想干吗。你不想让任何人把你出卖给保安——哪怕是不小心，也不想让《甜蜜冲刺》的赛车手满怀希望然后又让他们希望破灭。

拉尔夫吹着口哨，你没腔没调地哼哼。"只是两个好朋友在这里散个步。"每路过一个人你都说这么一句。很快你们俩就到了 Wi-Fi 插座旁，停了下来。

"安全吗？"你说。

他看看一边，再看看另一边。"等等！"好人之家"的居民们过来了。"

请翻至下一页。

你转过身看到拉尔夫的游戏里的阿修和吉恩悠闲地向你走过来。

"你好，拉尔夫。你好，云妮洛普小姐。"阿修说，"我们只是想过来表达一下我们的哀悼。"

"因为什么？"你问。

"传闻说《甜蜜冲刺》要被淘汰了。"吉恩说。

"这话从我们嘴里说出来才算。"你说。

"你能怎么办？"阿修问，"我们听说方向盘断了，而利特瓦克先生找不到备用的。"

"不要相信一切传闻。"你讥笑道。

"是的。"拉尔夫插进来，"真正的传闻应该是，互联网里有我们要找的方向盘，那儿就是我们准备去的地方！"

哦，好吧，这就是你说的要保守秘密。

请翻至第264页。

你从容地走向保安，拉尔夫跟着你。保安正在上班，此刻正在巡逻游戏厅里所有游戏都需要的电源板。

保安发现了你，你慢了下来，也许拉尔夫是对的。保安怒视着你，你倒吸一口气，但还是强迫自己向前。

"什么事？您好，保安先生。"你尽可能礼貌地说。

"你好。"他将信将疑地回答。

你对拉尔夫皱皱眉，犯了难，不知道怎么从这儿离开。

他也对你皱皱眉，然后恶作剧地看了你一眼，你对这个表情再熟悉不过了。"嘿，保安，"他说，"很高兴见到您！我们要向您报告，那边有人闹事！"

聪明！你拿出一副极度担忧的表情。"是的，"你说，"我们看见几个不良分子在那儿引起了大混战。"

"你们说闹事？大混战？哦，不，不能在我上班的时间，谢谢你们提供的信息！"保安说。

你们看着他匆匆地走了。

现在是时候进入插头了！

请翻至第 210 页。

"后退！"你喊道，"不然我兄弟就要把你们全部砸碎！"

"你们听见了！"拉尔夫跺着脚来回走，一边挥舞着他巨大的锤头拳，步步逼近的搜索引擎开始后退，他们走了以后，你发现一个小家伙躲在柜台后面，他戴着一个领结，身穿黑色长袍，头戴方形帽子。柜台里嵌了一个键盘，你严重怀疑他也是搜索引擎。

"你！"你怒气冲冲地走向他，"我们需要拿到我们想找的东西，而且时间紧迫。"

"我看得出来。"小家伙整了整眼镜说。

"你看得出来？"拉尔夫问，"你怎么看出来的？"

小家伙耸耸肩："我无所不知。"

这听起来又有了希望。"我需要一个备用件来替换——"

你还没说完，小家伙就说："车？"

一幅汽车的图片出现在你面前的柜台。

"不是？"他问，"厨房用具？"你面前闪出一幅又一幅图片，各种各样的冰箱、微波炉，还有一个煤气炉，"或者膝盖还是屁股？"他盯着你看了一下然后说，"不，你看着还好，还好。"

"这家伙怎么了？"拉尔夫问。

请翻至第135页。

Choose your adventures! | 251

你和这只可爱的金色小猎犬在游戏中央站闲逛。你停在一个宠物店门口，店主友好地给你推荐颈圈、狗链和一周的狗粮。看来小狗不是游戏里的，你得一直看着它，直到找到它的归属。

"哇，那儿！"你喊道，小狗拽着你穿过大厅。

"停下。"你一边训斥着小狗，一边停下来跟保安打招呼，小狗不停地往他身上跳。"你看它真是可爱极了。"你抱歉地对保安说。

保安没有作声，只是抚平了狗狗在他裤子上蹭出的褶子。

"嘘！"你紧紧抓住狗链子说。一群坏蛋聚集在信息站，狗狗不停地叫啊，咬啊，吼啊。

"哎呀！"你对小狗皱着眉头说。它在地板上撒了尿。"这下糟了。"

你从工具腰带里抽出一块布，跪下来收拾残局，小狗跑走了，身后还拖着它的狗链子。

你快速把地板擦干净，把布扔进垃圾桶，站起来，把手放在屁股上，扫视了一下游戏中央站，"这个调皮鬼跑到哪儿去了？"

请翻至第 77 页。

你和云妮洛普钻进插头，踏上自动人行道。

"好了，"你说，"我们去那儿，拿到方向盘，周五之前送到利特瓦克先生办公室，他就会修理你的游戏，一切就都会回到以前，从此幸福到永远。"

云妮洛普抬头盯着你，一脸钦佩："相当明智，真是个好主意，拉尔夫。"

自动人行道把你带到一个叫路由器的地方，你不知道路由器是什么意思，但你不想让云妮洛普知道你不懂，至少不能是现在知道，因为她刚刚还对你一脸崇拜。

你走下人行道，看着这个多孔的地方。现在该怎么办？你在想。这里不像是能找到方向盘的地方。

"我必须坦诚，这里对我没有吸引力。"云妮洛普说。

突然，屋子发出绿色的光晕，脚下的地板开始隆隆作响。

一个迷你的利特瓦克先生从你身边飞驰而过，他冲下去，落到一个装载平台上，被装进一个吊舱，呼的一声消失了！

"快，拉尔夫，我们跟上。"云妮洛普一边追在后面一边喊。她的脚刚一挨上装载码头，立马就被装进一个吊舱，瞬间消失。

去追她，请翻至第165页。

"我肯定能解决你的问题。"赞姐说,"我就是这样,总是积极乐观。给我说说这个游戏。"

你咽了一下口水,点点头。"这是世界上最好玩的游戏,我们飞速穿过到处都是糖果的神奇地带,我和我的朋友们……"一想到其他赛车手,你的喉咙又一阵发紧,你强迫自己继续,"《甜蜜冲刺》是游戏厅里最古老的游戏之一。"

"啊哈!非常好!"赞姐说,"老式街机游戏一向都是热门。"她拿起手机敲了几个按钮,"言出必行,我们马上就能有答案。"

你感觉自己就要等不及了,你皱着眉,就在几小时前,你还一直在抱怨游戏无聊,而现在的你只想双手握在方向盘上,在如此熟悉亲切的车道上驾驶。你以前一直不在乎你的游戏,现在你为此感觉很难过,你发誓自己再也不会这样了。

她端着手机,好让你能看到屏幕。"就是这个!"你大喊,"这就是我的方向盘。我该去哪儿拿?""只需要点击屏幕,"她指导你说,"然后就能直接带你去易贝!"

你轻触屏幕,一个吊舱裹住了你,把你带走了。

请翻至第143页。

"想想看，"他说，"要是几百万只鸟聚在一起，最后会是什么结果？"

你歪着嘴想，然后想到一个答案："几百万坨鸟屎！"

拉尔夫严肃地点点头。

你往后退了几步。"谢谢提醒。"

"你真聪明，老兄。"你告诉他，"非常理智，我简直快认不出你了。"

"什么？"他说，"这些鸟叽叽喳喳太吵了，我根本听不见你说什么！"

你把头斜向你刚才来的方向。他点点头。

离开这些喧闹的鸟儿，请翻至第 98 页。

你抬头看着云妮洛普，她还坐在你的肩上。她咬着嘴唇，这是她思考时的样子。

"你想到了什么？"你问。

"只是在想……"她开口道，眼睛转向那群打架的搜索引擎。

"我想我们在想同一件事，小鬼。你在想我们应该选哪个搜索引擎。"

"基本答对，"她说，"我在想也许我们应该分开，这样你可以和万事通一起开展搜索工作，而我可以和另一个一起。"

你慢慢点点头："覆盖更多的区域，发现更多的可能。"

"对的。"

"另外，"你说，"如果我们分开，我们可能再也找不到彼此。你看看这个地方！"

你做了个手势，努力想表达出这个互联网的巨大。

"说得对，我们得做出选择。"

嗯，要怎么选？

你要和云妮洛普分开吗？请翻至第 65 页。
你们还是要在一起吗？请翻至第 131 页。

你回头看看大楼，"好人之家"的居民已在房顶集合，准备好要把卡洪扔进泥坑里，每个游戏都是这个结局。

只是没有人告诉卡洪。

你看不下去了，她反抗着，猛踢，乱咬，尖叫，直到所有人都从房顶上掉下去，滚出游戏。

她跺着脚走到桌子旁。"你！"她一个指头指着你，面色阴沉，"看看你身后，先生！我对那种背叛毫不留情。"

"但是——"你抗议道。

她没理你，转身面向她畏畏缩缩的老公："还有你！"但她没有继续，只是绕着阿修转了一圈，怒气冲冲地走了。阿修追在她身后，一边喊着好听的话，一边道歉。

你叹了一口气。眼下，游戏结束了……

完

你想要其他人打理游戏厅吗？
那就回第 6 页，重新选择角色吧！

"甚至更好！"你把他带到屏幕那里，告诉他说，"我决定要做你最好的朋友！"

　　"你真的决定了？"他满脸疑惑地看着你，"云妮洛普和我已经是六年的好朋友了。"

　　你看着他："六年！这在互联网时代简直就像是一辈子。"你认真想了想，"是的，这种所谓的最好的朋友可能确实可以持久。那我们说定了吗？"你伸出手，准备和他握手。

　　他没有接，只是皱着眉。"但是云妮洛普已经是我最好的朋友了，最好意味着唯一。"

　　他说的有道理，你的最好名单实在是太多了，"最好"确实意味着唯一。

请翻至第 133 页。

"好了，我们赶紧把这件事处理掉。"你说。

"我的意思是，"你摆出一副虚假的笑脸说，"你们准备好美妙的试演了吗？"

机器人、僵尸还有酸比尔紧张地你望望我，我望望你。

你和阿修举起写字板。"我们先从简单的开始，"阿修说，"每个游戏一开始，拉尔夫都要喊一句'我要毁了它！'，你们怎么还不开始？"

酸比尔和僵尸做对了。

但是锯子手机器人不会说话，只是一个劲儿地跑。

"对不起，"你对他说，"你被取消资格了。"

机器人迈着重重的脚步走了。

"下一个。"阿修看着写字板上的名单说，"你来演搞破坏，砸碎砖头或者打碎窗户，你自己选。"

"一颗止咳糖怎么可能毁坏一栋大楼？"你咕哝着，"靠瞪眼吗？"

"我听见了，"酸比尔生气地说，"我不是止咳糖！"他弹跳了几下，然后冲过窗户砸碎了玻璃。

"不错。"你不情愿地说，然后又朝着他们挥挥写字板，"都试试看吧。"

观看试演，请翻至第 73 页。

尽管没有奖牌可赢，你们还是同意参加比赛，你能看得出这对云妮洛普有多重要。

"如果你们是认真的，"那个女士说，"我租给游客自行车，但不是赛车型的。如果你们愿意，你们可以骑我的。"她轻声笑道，"我不收你们的钱，我就是想看比赛。"

"看比赛？"云妮洛普说。你跟着那个女士到公路后的一个工棚。"一切都在一步步解决中！"

女士一把推开门，对你说："随便挑。"

只是还有一个问题。

"这些自行车对我来说太大了。"你拉出几辆自行车让云妮洛普试时，她抱怨道。你把车座放到最低，但是云妮洛普的脚仍然悬在空中，离脚踏板有几英寸远。

"你可以骑在我的车把上。"你主动说。

"好吧，我来试试。"

你把她的自行车放回工棚，给你自己推出来了一辆车。

请翻至第211页。

第二天早晨，你有些担心，你真能完成任务吗？

游戏刚一开始，你就开始跺脚，叫喊，破坏各种各样的东西，同时你也被扔出大楼，但这些都无关紧要，你能应付。你有这个准备，甚至为此感到兴奋。

"有警报！"声音从游戏中传来，你冲进去准备就位。

"我要毁了它！"你喊着。不错，你想。

你不像拉尔夫那么强壮，所以你想出了自己的策略，你本来计划一直砸窗户，但是突然有了其他灵感。

你抓起窗台上一个正在冷却的派——把它砸到绿先生的脸上，"什，什，什么……"他气急败坏地说，鲜奶油从两个脸蛋儿上滴下来。

"哎呀。"卡米克尔先生从他家窗户里伸头看着你说。

"太棒了！"你叫喊着。你朝着一切曾经困扰着你的东西大喊，事实上，当你听到拉尔夫和云妮洛普已经带着备用方向盘回来时，心里还有点失望……

完

你想要其他人打理游戏厅吗？
那就回第 6 页，重新选择角色吧！

“你是在告诉我们，你来自未来？”云妮洛普公主问你。

你刚刚花了半小时时间描述了你所有的冒险经历，同时解释了《甜蜜冲刺》还有其他版本，包括你自己的那一版。

“我想是的，”你说，“你的游戏控制台在一个叫博物馆的地方，但只要有人决定买你，你就又能起身跑起来了。”

“你的游戏听起来比我们的有趣多了。”薄荷噘着嘴说。

“只有一个办法能证明，”你笑着说，“比赛如何？”

“你是指在没有人类车手的情况下？”云妮洛普公主说，看着非常担忧，“你确实意识到我们不在游戏厅里，对吧？”

你看看她，再看看其他人，特别吃惊。

“你的意思是，你们业余时间什么都不干？不比赛？”

你简直惊呆了！

请翻至第 82 页。

"是不是很美？"云妮洛普气喘吁吁地说。

"当然。"你说。

你低头看了看云妮洛普眉开眼笑的脸，也冲她笑了回去。你们俩完成了你们一开始想完成的事，你们一起携手找到了备用方向盘。

你还发现，无论是哪种情况——幸福时光，或是艰难时刻，云妮洛普都一直是你的朋友，而且你们俩做队友的时候一切都会变得更加美好。你们对彼此绝对忠诚，这才是最重要的……

你想开启一段新的冒险吗？
那就回第 1 页，重新选择角色吧！

吉恩和阿修两个人都震惊了，你没时间跟意见相左的人耗时间。保安可能马上就回来。

　　你转了一圈，面向拉尔夫："你和我？"

　　这里有个更大的问题。由正在看书的你来决定。
　　你要不要进入互联网呢？

　　你想扮演云妮洛普进入互联网去找备用方向盘吗？请翻至第 189 页。

　　或者你认为应该有人待在这里打理游戏厅？请翻至第 6 页。

图书在版编目（CIP）数据

迪士尼官方小说. 无敌破坏王2. 选择你的冒险／美国迪士尼公司著 ；马丽娟译. — 长沙：湖南少年儿童出版社，2018.12

ISBN 978-7-5562-4199-6

Ⅰ. ①迪… Ⅱ. ①美… ②马… Ⅲ. ①儿童小说—长篇小说—美国—现代 Ⅳ. ①I712.84

中国版本图书馆CIP数据核字（2018）第236301号

DISHINI GUANFANG XIAOSHUO　WUDI POHUAIWANG 2　XUANZE NI DE MAOXIAN

迪士尼官方小说　无敌破坏王2　选择你的冒险

美国迪士尼公司／著　马丽娟／译

责任编辑：阳　梅　张苗苗　　　策划出品：小博集
策划编辑：张亚丽　张苗苗　　　特约编辑：廖若星　李孟思
营销编辑：史　岢　李荣荣　　　版权支持：文赛峰
版式设计：霍雨佳　　　　　　　封面设计：霍雨佳

出 版 人：胡　坚
出版发行：湖南少年儿童出版社
地　　址：湖南省长沙市晚报大道89号
邮　　编：410016
电　　话：0731-82196340（销售部）　0731-82194891（总编室）
传　　真：0731-82199308（销售部）　0731-82196330（综合管理部）
常年法律顾问：湖南云桥律师事务所 张晓军律师
经　　销：新华书店
印　　刷：北京中科印刷有限公司
开　　本：875 mm×1270 mm　1/32　印　张：8.5
版　　次：2018 年 12 月第 1 版　印　次：2018 年 12 月第 1 次印刷
书　　号：ISBN 978-7-5562-4199-6 定　价：28.00 元

若有质量问题，请致电质量监督电话：010-59096394　团购电话：010-59320018